ルームメイトが全《ぜん》員《いん》男《おとこ》の子《こ》でした。

月瀬《つきせ》まは・著　青野《あおの》ユウ・絵

野いちごジュニア文庫

「俺《おれ》の代《か》わりに、補習《ほしゅう》を受《う》けてきてくんない？」

全寮制《ぜんりょうせい》の男子校《だんしこう》に通《かよ》うふたごの弟《おとうと》に、とんでもないお願《ねが》いをされたわたし。

一週間《いっしゅうかん》だけという約束《やくそく》で、仕方《しかた》なく**男子校《だんしこう》へ潜入《せんにゅう》**することに……!!


絶対《ぜったい》にバレないようにしなきゃ。

完璧《かんぺき》に弟《おとうと》の変装《へんそう》をして準備万端《じゅんびばんたん》、なはずだったのに……。


「あんた誰《だれ》？」

一瞬《いっしゅん》で、わたしが女子《じょし》だとバレちゃった!!

男子校《だんしこう》での生活《せいかつ》は、ハプニングだらけでハラハラの連続《れんぞく》！

「おまえのことが好《す》きだ」

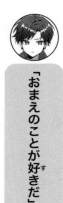

「オレも、李珠《りず》ちゃんのことが好《す》きなんだけど」

「俺《おれ》のほうが好《す》きだから」

かっこいい男子《だんし》たちに迫《せま》られちゃって、ドキドキもいっぱい！

この潜入《せんにゅう》、いったいどうなっちゃうの～～!?（泣《なき》）

ルームメイトが全員《ぜんいん》男《おとこ》の子《こ》でした。

人物紹介《じんぶつしょうかい》

橋本《はしもと》 李珠《りず》

真面目《まじめ》でお人《ひと》よしな中学《ちゅうがく》２年生《ねんせい》。ふたごの弟《おとうと》に頼《たの》まれ、代《か》わりに補習《ほしゅう》を受《う》けることに…。

榛名《はるな》 由仁《ゆに》

李珠《りず》が共同生活《きょうどうせいかつ》をすることになる、莉斗《りと》のルームメイト。なんでもできるクールな超絶《ちょうぜつ》イケメン。

笠原《かさはら》 飛鳥《あすか》

莉斗《りと》のクラスメイトであり親友《しんゆう》でもある美男子《びだんし》。たびたび学校《がっこう》をサボるけれど、根《ね》はちゃんとしている。

橋本《はしもと》 莉斗《りと》

李珠《りず》のふたごの弟《おとうと》。顔《かお》は似《に》ているけれど性格《せいかく》は正反対《せいはんたい》で、ノリが軽《かる》い破《は》天荒《てんこう》キャラ。

島崎《しまさき》 昴《すばる》

李珠《りず》が一緒《いっしょ》に補習《ほしゅう》を受《う》けることになる、莉斗《りと》のクラスメイト。普段《ふだん》はトゲトゲしているけど、実《じつ》は優《やさ》しい。

宇田《うだ》 日南《ひなみ》

李珠《りず》と同《おな》じ学校《がっこう》の親友《しんゆう》で、頼《たよ》りになるお姉《ねえ》さん的存在《てきそんざい》。

あらすじ
お人《ひと》よしな中《ちゅう》2の李珠《りず》は
ふたごの弟《おとうと》・莉斗《りと》に
頼《たの》まれ、補習《ほしゅう》を代《か》わりに
受《う》けることに！
莉斗《りと》の通《かよ》う男子校《だんしこう》に、
変装《へんそう》して潜入《せんにゅう》するけれど…
ルームメイトの由仁《ゆに》と弟《おとうと》の親友《しんゆう》・飛鳥《あすか》に
即《そく》バレしちゃった‼

いきなり大《だい》ピンチ!!かと思《おも》いきや…

「俺《おれ》から離《はな》れんな。
守《まも》ってやるよ」
優《やさ》しく助《たす》けてくれる由仁《ゆに》に
ドキドキ…♡

由仁《ゆに》と飛鳥《あすか》は李珠《りず》の取《と》り合《あ》い!!
さらに、李珠《りず》の正体《しょうたい》に気《き》づいてない
はずのクラスメイト・昴《すばる》も参戦《さんせん》!?

花火大会《はなびたいかい》、文化祭《ぶんかさい》…
イベント目白押《めじろお》しの
学園生活《がくえんせいかつ》!

いったい、どうやって
乗《の》り切《き》るの——!?

続《つづ》きは本文《ほんぶん》を読《よ》んでね!

もくじ

男子校《だんしこう》に潜入《せんにゅう》!?

か、かっこいい……!!

やっぱり何度《なんど》読《よ》んでも、このシーンはすごくドキドキするなぁ。

わたし、橋本李珠《はしもとりず》。恋愛《れんあい》マンガが大好《だいす》きだけど初恋《はつこい》はまだな普通《ふつう》の中学二年生《ちゅうがくにねんせい》。

いつかこのマンガみたいに、素敵《すてき》な恋《こい》ができたらいいな……。

「李珠《りず》、入《はい》るぞ～」

「は？　ちょっと待《ま》っ……」

わたしの止《と》める声《こえ》なんて聞《き》かずに、勢《いきお》いよく開《ひら》かれた部屋《へや》のドア。

そして、ズカズカと遠慮《えんりょ》なくわたしの部屋《へや》に入《はい》ってきたのは、ふたごの弟《おとうと》の莉斗《りと》。

「勝手《かって》に入《はい》ってこないでよ」

「入《はい》るぞって言《い》っただろ」

「いいよって言《い》ってないし」

「どうせマンガ読《よ》んでただけだろ」

そうだけど、部屋《へや》に入《はい》ってくるのは違《ちが》う
じゃん!!
ベッドに寝転《ねころ》んだまま、むすっとした表《ひょう》
情《じょう》を作《つく》る。
そんなわたしのすぐ隣《となり》に、莉斗《りと》がドカッ
と遠慮《えんりょ》なく腰《こし》を下《お》ろした。
莉斗《りと》とはふたごだから顔《かお》は似《に》ているけど、
性格《せいかく》は正反対《せいはんたい》でまったく似《に》ていない。
それに、莉斗《りと》はノリが軽《かる》くて自由人《じゆうじん》すぎる
から、ついていけないんだよね。
「人《ひと》のベッドに座《すわ》るとか、ありえない!!」
「家族《かぞく》なんだしいいだろ」
「よくないから!!」
「そんな怒《おこ》んなって」
なんでわたしが勝手《かって》に怒《おこ》ってるみたいに

なってるのっ!?

余計《よけい》にむっとすれば、笑《わら》ってごまかそうとするからため息《いき》をついた。

「そのマンガ読《よ》むの何回目《なんかいめ》？　同《おな》じの読《よ》んでて飽《あ》きねーの？」

「飽《あ》きない。じっくり読《よ》みたいから出《で》てってよ。もう寮《りょう》に戻《もど》る時間《じかん》でしょ？」

「そう、そのことなんだよ。やっぱり李珠《りず》は賢《かしこ》いな」

「はい……？」

意味《いみ》がわからなくて首《くび》を傾《かし》げる。

そんなわたしを見《み》て、ニコッと満面《まんめん》の笑《え》みを浮《う》かべる莉斗《りと》。

すっごく嫌《いや》な予感《よかん》……。

「頼《たの》む李珠《りず》。俺《おれ》の代《か》わりに、補習《ほしゅう》を受《う》けてきてくんない？」

「……はぁ!?」

びっくりしすぎて、大切《たいせつ》なマンガを落《お》としてしまう。

すぐにハッとして、マンガに傷《きず》がついていないか確認《かくにん》。

無事《ぶじ》だったことにホッとすると、さっきの莉斗《りと》のとんでも発言《はつげん》を思《おも》い出《だ》す。

「意味《いみ》わかんないんだけど」

「そのまんま。俺《おれ》のフリして学校《がっこう》に行《い》って、補習《ほしゅう》を受《う》けてほしい。一週間《いっしゅうかん》だけだから」

「莉斗《りと》は寮《りょう》でしょ？」

「うん。だから一週間《いっしゅうかん》、李珠《りず》が寮《りょう》に入《はい》って」

「はい!? 無理《むり》だよ!!」

莉斗《りと》は本当《ほんとう》に自由人《じゆうじん》だから、突拍子《とっぴょうし》もないところがある。

けど、まさかここまでとは思《おも》ってなかった……。

「それに、わたしだって学校《がっこう》あるし」

「入《い》れ替《か》わるんだよ。俺《おれ》が李珠《りず》の学校《がっこう》に行《い》く」

「ぜったい嫌《いや》なんだけど!?」

わたしと莉斗《りと》は違《ちが》う中学校《ちゅうがっこう》に通《かよ》っている。

わたしは普通《ふつう》の公立《こうりつ》の中学校《ちゅうがっこう》で、莉斗《りと》は**超《ちょう》エリート男子校《だんしこう》。**

家《いえ》がお金持《かねも》ち、スポーツや勉強《べんきょう》ができる、芸術的《げいじゅつてき》に優《すぐ》れているなど、特別《とくべつ》な男子《だんし》しか通《かよ》えない学校《がっこう》。

しかも全寮制《ぜんりょうせい》だから、絶対《ぜったい》に入寮《にゅうりょう》しなきゃいけないんだ。

とは言《い》っても、休《やす》みの日《ひ》は希望《きぼう》すれば家《いえ》に帰《かえ》れるみたいだけど。

だから莉斗《りと》は毎週末《まいしゅうまつ》に帰《かえ》ってきている。そして、明日《あした》は月曜日《げつようび》。

今日《きょう》は寮《りょう》に戻《もど》らないといけない日《ひ》なんだけど……。

「お願《ねが》い。俺《おれ》、補習《ほしゅう》になっちゃってさ。でも今週《こんしゅう》はゲームのイベントで、補習《ほしゅう》なんて受《う》けてるヒマないんだよ」

「補習《ほしゅう》になった莉斗《りと》が悪《わる》いよ。学校《がっこう》だって自分《じぶん》で選《えら》んだのに」

「記念受験《きねんじゅけん》で受《う》かっちゃったんだから仕方《しかた》ないだろ。金持《かねも》ちエリート男子校《だんしこう》に通《かよ》える俺《おれ》、すごくね？」

「すごくても補習《ほしゅう》になってるからね」

「俺《おれ》、学校《がっこう》は卒業《そつぎょう》したいんだよ」

「じゃあ補習《ほしゅう》を受《う》けるしかないね！」

「李珠《りず》～、マジで頼《たの》む～!!」

必死《ひっし》な顔《かお》の莉斗《りと》が、わたしに引《ひ》っついてきた。

そんな莉斗《りと》を冷《つめ》たい視線《しせん》で見《み》つめる。

「自分《じぶん》でどうにかしなよ」

「お願《ねが》い！　これやるからさ」

「っ⁉　これって……」

びっくりして声《こえ》が出《で》なくなる。

莉斗《りと》の手《て》の中《なか》にあるのは、とあるキャラのアクリルキーホルダー。

「これ、李珠《りず》の好《す》きなマンガのキャラだろ？」

首《くび》がもげそうになるほど縦《たて》に振《ふ》った。

これは、わたしの好《す》きなマンガの特装版《とくそうばん》にしかついていないアクリルキーホルダー。

発売日《はつばいび》に熱《ねつ》を出《だ》しちゃって、元気《げんき》になった時《とき》には売《う》り切《き》れていた。

本当《ほんとう》に大好《だいす》きだから欲《ほ》しくて欲《ほ》しくて仕方《しかた》なかった、初《はつ》の公式《こうしき》グッズ……‼

「それをどこで……？」

「俺《おれ》の交友関係《こうゆうかんけい》でちょちょっとな」

「すごい。輝《かがや》いて見《み》える……‼」

手《て》に入《い》れられなかった悔《くや》しさで泣《な》くほど欲《ほ》しかったモノが、いま目《め》の前《まえ》に……。

わたしの右手《みぎて》が、引《ひ》き寄《よ》せられるように莉斗《りと》へと伸《の》びていく。

「おっと、これは渡《わた》せないなぁ」

そう言《い》った莉斗《りと》は手《て》を引《ひ》いて、わたしが触《さわ》れないようにする。

「どうして？　わたしのためじゃないの？」

「そう、李珠《りず》のために譲《ゆず》ってもらった。けど、タダでは渡《わた》せない」

「それって……」

「わかるよな？」

莉斗《りと》が悪魔《あくま》のような笑《え》みを浮《う》かべた。

こんなのだめに決《き》まってる。

決《き》まってるけど……。

「約束《やくそく》、守《まも》ってね」

わたしは誘惑《ゆうわく》に負《ま》けてしまった。

「もちろん。李珠《りず》が帰《かえ》ってきたら渡《わた》すから」

はずんだ声《こえ》と、勝《か》ち誇《ほこ》ったようなニヤニヤした表情《ひょうじょう》。

それにはすごくムッとするけど、このチャンスを逃《のが》すなんてできない……。

「じゃあこれウィッグと制服《せいふく》。くわしいことは、時間《じかん》ないからメッセージで送《おく》る。電車《でんしゃ》に乗《の》っている時《とき》に読《よ》んで」

「準備《じゅんび》がいいね……」

「同室《どうしつ》のやつは悪《わる》いやつじゃないから安心《あんしん》しろ。まぁ俺《おれ》たちふたごだし、普通《ふつう》にしてればバレないって」

「普通《ふつう》って……」

「あと男子校《だんしこう》だから、女子《じょし》に飢《う》えてるヤツ多《おお》いぞ。いちおう気《き》をつけろ。バレたら李珠《りず》でも襲《おそ》われるかもだし」

「わたしでもってどういう意味《いみ》!?　てか、そんなこと言《い》われたら怖《こわ》いんだけど……」

「バレなきゃいいんだって。ほんじゃ、着替《きが》えてGO《ゴー》!!　頼《たの》んだぞ!!」

満面《まんめん》の笑《え》みでアクリルキーホルダーを揺《ゆ》らす。

くぅ……こんなのだめってわかってるのに……。

限定《げんてい》のアクリルキーホルダーが欲《ほ》しすぎて、理不尽《りふじん》な莉斗《りと》に文句《もんく》が言《い》えない。

よくないと思《おも》いつつも、欲望《よくぼう》に負《ま》けたわたしは莉斗《りと》のフリをして寮《りょう》へと向《む》かった。

数時間後《すうじかんご》。

「こ、ここだよね……?」

ドキドキしながら、なんとか部屋《へや》の前《まえ》に着《つ》く。

ここに来《く》るまでに何人《なんにん》かすれ違《ちが》ったけど、誰《だれ》にも怪《あや》しまれなかった。

同室《どうしつ》の人《ひと》の情報《じょうほう》は、莉斗《りと》から送《おく》られてきたメッセージで確認《かくにん》してある。

名前《なまえ》は榛名由仁《はるなゆに》くん。

整《ととの》ったきれいな顔立《かおだ》ちをしていて、家《いえ》は超《ちょう》お金持《かねも》ちで文武両道《ぶんぶりょうどう》。

クールな性格《せいかく》だけど悪《わる》い人《ひと》ではないみたい。

莉斗《りと》との関係《かんけい》は可《か》もなく不可《ふか》もなく、とのこと。

普通《ふつう》にしてたらバレないっていう莉斗《りと》の言葉《ことば》を信《しん》じよう……。


「……よし」

気持《きも》ちを整《ととの》えて、部屋《へや》のドアを開《あ》ける。

寮《りょう》って正直《しょうじき》ちょっと微妙《びみょう》な感《かん》じかと思《おも》っていたけど、さすがエリート校《こう》の寮《りょう》。

ホテルみたいできれいな部屋《へや》だった。

緊張《きんちょう》で心臓《しんぞう》がバクバク鳴《な》っているなか、部屋《へや》に足《あし》を踏《ふ》み入《い》れる。

「誰《だれ》？」

「え……」

部屋《へや》に入《はい》ってすぐ、榛名《はるな》くんの顔《かお》を確認《かくにん》する前《まえ》に言《い》われた言葉《ことば》にびっくりする。

視線《しせん》を上《あ》げると、椅子《いす》に座《すわ》ったままこちらを見《み》る、サラサラの黒髪《くろかみ》がきれいな整《ととの》った顔立《かおだ》ちの男《おとこ》の子《こ》。
莉斗《りと》に送《おく》ってもらった写真《しゃしん》でもかっこよかったけど、実際《じっさい》に見《み》るとさらにかっこいい。
「あんた誰《だれ》？」
冷《つめ》たい視線《しせん》を向《む》けられて、ドキッとする。
バ、バレてる……？
いや、まだ声《こえ》も発《はっ》していないし一瞬《いっしゅん》見《み》ただけじゃん。
それに認《みと》めたくないけど、わたしがウィッグをかぶれば莉斗《りと》にそっくりだったし……。

「橋本《はしもと》はこんな静《しず》かに部屋《へや》に入《はい》ってこないし、入《はい》って来《く》るなり俺《おれ》にウザがらみしてくる」

莉斗《りと》〜〜〜っ!!

なーにが「普通《ふつう》にしてたらバレない」だよっ!!

しかも榛名《はるな》くんの表 情《ひょうじょう》から、莉斗《りと》に手《て》を焼《や》いてる感《かん》じがするんだけど!?

「な、何言《なにい》ってんだよ。わたっ、俺《おれ》は橋本莉斗《はしもとりと》で……」

「橋本《はしもと》は会話《かいわ》が成《な》り立《た》たないから、絶対《ぜったい》に違《ちが》うっていま確信《かくしん》した。あんたは誰《だれ》だ?」

「だから俺《おれ》は橋本莉斗《はしもとりと》……」

「しかも、あんた女子《じょし》だろ?」

「えっ……」

男子校《だんしこう》の寮《りょう》に女子《じょし》がいるっていうありえない状 況《じょうきょう》なのに、どうしてすぐに気《き》づくの!?

「えと、あのっ、そんなわけな……」

「点呼《てんこ》するから廊下《ろうか》に並《なら》べー!!」

否定《ひてい》しようとすると、廊下《ろうか》から大《おお》きな声《こえ》が聞《き》こえた。

や、やばい……。

こんなにすぐにバレるなんて思《おも》ってなかったし、このまま点呼《てんこ》なんて……。

「荷物置《にもつお》いて出《で》るぞ」

「あ、え……」

「話《はなし》は点呼《てんこ》が終《お》わったら聞《き》く。絶対《ぜったい》バレんなよ」

「はい……」

榛名《はるな》くんに返事《へんじ》をしてから部屋《へや》の前《まえ》に出《で》る。

全員《ぜんいん》が廊下《ろうか》に出《で》ていて、寮長《りょうちょう》さんが順番《じゅんばん》に確認《かくにん》していく。

寮長《りょうちょう》さんが近《ちか》づいてくると、緊張《きんちょう》で心臓《しんぞう》が口《くち》から飛《と》び出《だ》しそうになった。

「橋本《はしもと》、榛名《はるな》。オッケー」

よかった、とホッと胸《むね》をなで下《お》ろす。

「**けど、なんか今日《きょう》の橋本《はしもと》は静《しず》かだな**」

「**へっ⁉**」

「いつもオレにイタズラ仕掛《しか》けてくるだろ。こんなに静《しず》かなのは怪《あや》しい」

「え、えっと……」

「何《なに》を企《たくら》んでる？」

このまますんなり終《お》わると思《おも》っていたのに、寮長《りょうちょう》さんが不審《ふしん》がって顔《かお》を近《ちか》づけてくる。

莉斗《りと》ってば、本当《ほんとう》にいつも何《なに》をしてるのっ……!?

「えっとー……」

「こいつ、ゲームで俺《おれ》に負《ま》けてテンション下《さ》がってる」

わたしが困《こま》っていると、代《か》わりに答《こた》えてくれた榛名《はるな》くん。

でも、さすがにそんな言《い》い訳《わけ》は……。

「またゲームか。橋本《はしもと》が静《しず》かな時《とき》はゲームで負《ま》けた時《とき》か女子《じょし》に振《ふ》られた時《とき》だけだな」

ガハハと大《おお》きな口《くち》を開《あ》けて笑《わら》う寮長《りょうちょう》さんに、ポカンとなる。

これで納得《なっとく》できちゃうの？

莉斗《りと》ってほんと、このエリート校《こう》で一体《いったい》どんな生活《せいかつ》してんのよ……。

「その負《ま》けず嫌《ぎら》いをゲーム以外《いがい》でも発揮《はっき》できるようにな。じゃあ部屋《へや》に戻《もど》っていい」

寮長《りょうちょう》さんの言葉《ことば》で、榛名《はるな》くんと部屋《へや》に戻《もど》った。

ここに来《き》てまだ十分《じっぷん》くらいしか経《た》っていないけど、すでに疲《つか》れたよ……。

部屋《へや》に入《はい》ってホッとするも、すぐにハッとなり榛名《はるな》くんに向《む》かって頭《あたま》を下《さ》げた。

「あの、ごまかしてくれてありがとうございました。助《たす》かりました……！」

「べつに、あんたのためじゃない。女子《じょし》がいるってバレたら大問題《だいもんだい》になるから」

「そ、うですよね……」

「で、なんで橋本《はしもと》じゃなくてあんたがいるのか、説明《せつめい》してもらえる？　というか、あんたは誰《だれ》？」

「えっと……」

「顔立《かおだ》ちは少《すこ》し似《に》てるし、橋本《はしもと》の姉《あね》か妹《いもうと》ってところか？」

もう完全《かんぜん》にバレてしまっているから、隠《かく》そうとしてもムダだ。

やっぱり最初《さいしょ》から、わたしが莉斗《りと》のフリをして男子校《だんしこう》に潜入《せんにゅう》なんて無理《むり》だったんだよ。

考《かんが》えなくてもわかることだったのに……。

「わたしは橋本李珠《はしもとりず》です。莉斗《りと》のふたごの姉《あね》です」

名前《なまえ》と関係性《かんけいせい》を言《い》ってから、わかりやすいようにとウィッグを外《はず》した。

肩下《かたした》まで伸《の》びた髪《かみ》を手《て》ぐしで整《ととの》える。

「へぇ。橋本《はしもと》ってふたごだったんだ。けど、なんで？」

「莉斗《りと》が明日《あした》から一週間《いっしゅうかん》、補習《ほしゅう》になったんです。でもちょっと事情《じじょう》があり、補習《ほしゅう》を受《う》けたくないって言《い》ってて……」

「そういえば、ゲームのイベント期間《きかん》で補習《ほしゅう》は無理《むり》って叫《さけ》んでたな」

榛名《はるな》くんの言葉《ことば》を聞《き》いて、頭《あたま》を抱《かか》える。

「それで、わたしが代《か》わりに……」

「もしかして、キーホルダー？」

「っ⁉」

「クラスのやつに声《こえ》をかけてキーホルダーをもらってた。それはあんたの……」

「……はい。見事《みごと》に釣《つ》られました」

「しょーもな」

榛名《はるな》くんの冷《つめ》たい視線《しせん》が痛《いた》すぎる……。

「やっぱり間違《まちが》ってました。こんなの良《よ》くないですよね。今《いま》からでも帰《かえ》ります！」

「やめとけ。橋本《はしもと》……あ、弟《おとうと》のほうな。橋本《はしもと》も何度《なんど》も挑戦《ちょうせん》して失敗《しっぱい》してるから、あんたがここから抜《ぬ》け出《だ》せるとは思《おも》えない」

「でもどうにかして……」

「この寮《りょう》は柵《さく》で囲《かこ》まれてるし、警備員《けいびいん》が巡回《じゅんかい》もしてる。そんな簡単《かんたん》にひとりでは抜《ぬ》け出《だ》せない」

「じゃあ、やっぱり……」

「あきらめて金曜日《きんようび》を待《ま》つしかないな」

榛名《はるな》くんの言葉《ことば》に肩《かた》を落《お》とす。

本当《ほんとう》にモノに釣《つ》られちゃったわたし、ばかすぎるよ……。

「あの、このことは……」

「誰《だれ》にも言《い》わない。けど、自分《じぶん》でなんとかしろよ」

「はい。迷惑《めいわく》かけないようにします」

「すでに迷惑《めいわく》だけどな」

「うっ……これ以上《いじょう》、迷惑《めいわく》かけないようにがんばります……」

わたしのその言葉《ことば》に榛名《はるな》くんは何《なに》も返《かえ》さず、後《うし》ろを向《む》いてしまった。

明日《あした》からバレずに五日間《いつかかん》、学校生活《がっこうせいかつ》を乗《の》り切《き》れるかな？

あと、榛名《はるな》くんと同室《どうしつ》でやっていけるのかな……？

不安《ふあん》しかないけど、がんばってやりきるしかない……っ!!

潜入一日目《せんにゅういちにちめ》！

うぅ……緊張《きんちょう》する……。

準備《じゅんび》をしてから、学校《がっこう》へ移動《いどう》する。

はじめましての男子《だんし》と同《おな》じ部屋《へや》だったのもあって、昨日《きのう》の夜《よる》はなかなか寝《ね》つけなかった。

朝方《あさがた》にやっと眠《ねむ》りにつけて数時間後《すうじかんご》に起《お》きた時《とき》には、すでに榛名《はるな》くんはいなかった。

「よう、莉斗《りと》！　今日早《きょうはや》いじゃん」

「カバン持《も》ってるのめずらしいな。ウケる～」

廊下《ろうか》を歩《ある》いていると、クラスメイトらしき人《ひと》に笑《わら》われた。

カバンを持《も》って登校《とうこう》しただけで笑《わら》われるなんて、莉斗《りと》は一体《いったい》どんなふうに学校《がっこう》で過《す》ごしてるの……。

自分《じぶん》の片割《かたわ》れが、ここまでゆるくて変《か》わった人《ひと》だったことに呆《あき》れるしかない。

「よ。俺《おれ》は今日《きょう》から真面目《まじめ》に生《い》きる！　俺《おれ》は生《う》まれ変《か》わったんだ!!」

わたしができる限界《げんかい》まで莉斗《りと》に寄《よ》せた返事《へんじ》をする。

恥《はじ》をしのんでがんばったのに、目《め》を丸《まる》くして動《うご》きを止《と》めるクラスメイトふたり。

失敗《しっぱい》した……？

「出《で》た！ たまに出《で》る変《へん》なスイッチ！ 毒《どく》でも飲《の》んだんじゃね？」

「一時間後《いちじかんご》には、いつもの莉斗《りと》に戻《もど》ってるに、ジュース一本《いっぽん》かける！」

「じゃあオレは三十分後《さんじっぷんご》にいつもの莉斗《りと》に戻《もど》ってるに、水道水《すいどうすい》かけてやるよ」

「マジいらねー!!」

少《すこ》し違和感《いわかん》はあったかもしれないけど、ふたりとも笑《わら》ってるしバレてない、よね……？

それにわたしを見《み》て、別人《べつじん》とも女子《じょし》とも気《き》づかれることはなくホッとした。

教室《きょうしつ》に入《はい》り莉斗《りと》に教《おし》えてもらった席《せき》へ行《い》くと、隣《となり》には榛名《はるな》くんが座《すわ》っていた。

隣《となり》の席《せき》だったんだ……。

「あ……」

榛名《はるな》くんはわたしを一瞬《いっしゅん》だけ見《み》るけど、すぐに視線《しせん》を前《まえ》に向《む》ける。

絶対《ぜったい》に関《かか》わらないっていう、強《つよ》い意志《いし》を感《かん》じた。

わたしも迷惑《めいわく》をかけないために、絶対《ぜったい》にバレないようにするとあらためて決意《けつい》する。

英語《えいご》、音楽《おんがく》、数学《すうがく》、と授業《じゅぎょう》は続《つづ》き、英語《えいご》で榛名《はるな》くんは、ＡＬＴ《エーエルティー》の先生《せんせい》と通訳《つうやく》なしでスムーズに会話《かいわ》していた。

発音《はつおん》が良《よ》すぎて、どんな話《はなし》をしているのかわたしにはまったく聞《き》き取《と》れなかった。

音楽《おんがく》では榛名《はるな》くんがピアノ伴奏《ばんそう》をしていた。

あとバイオリンもすごく上手《じょうず》で、榛名《はるな》くんは音楽《おんがく》のセンスもあるらしい。

数学《すうがく》も当然《とうぜん》のように理解《りかい》していて、応用問題《おうようもんだい》をすぐに解《と》いていた。

榛名《はるな》くんのすごさに感動《かんどう》しながら、時間《じかん》は過《す》ぎていく。

わたしは誰《だれ》にもバレることなく三時間目《さんじかんめ》を終《お》え、次《つぎ》は四時間目《よじかんめ》の授業《じゅぎょう》。

「よっしゃ、体育《たいいく》だ～」

「今日《きょう》こそ勝《か》つからな！」

三時間目《さんじかんめ》が終《お》わった瞬間《しゅんかん》、シャツを脱《ぬ》ぎ捨《す》てるクラスメイト。

き、着替《きが》えはやばいよ……っ!!

そう思《おも》い体操服《たいそうふく》を抱《かか》え、周《まわ》りを見《み》ないようつむいて素早《すばや》く教室《きょうしつ》の後《うし》ろを移動《いどう》する。

「莉斗《りと》、ランチのからあげを賭《か》けて勝負《しょうぶ》な」

「きゃっ!!」

いきなり目《め》の前《まえ》に、パンツだけのクラスメイトが来《き》てびっくりする。

な、なんで着替《きが》える時《とき》にパンツだけになってるの⁉

と、ツッコみたいところだったけど、それどころじゃなかった。

「きゃって……」

や、やばい……。不意打《ふいう》ちでびっくりしすぎて、素《す》の反応《はんのう》をしちゃったよ……。

「女子《じょし》かよ〜。似合《にあ》ってね〜」

あ、怪《あや》しまれてはない……？

「今日《きょう》の莉斗《りと》、マジでウケるわ」

「だろー？　か、からあげな。おっけー。じゃ、気合《きあ》い入《い》れるためにトイレ行《い》ってくる」

「気合《きあ》い入《い》れてトイレって、きばんのか？」

「きばってこーって？」

後《うし》ろでクラスメイトの笑《わら》い声《ごえ》が響《ひび》く。

男子《だんし》のノリ、ついていけないよ……。

逃《に》げるようにトイレに行《い》って、体操服《たいそうふく》に着替《きが》える。

わたしは莉斗《りと》、わたしは莉斗《りと》。

っていうか、こんな調子《ちょうし》なら莉斗《りと》のほうも心配《しんぱい》だな。

ちゃんとわたしの学校《がっこう》で、わたしになりきってくれてるのかな……？

莉斗《りと》のほうも気《き》になるけど、とりあえずわたしも乗《の》り切《き》るしかない!!

気持《きも》ちを整《ととの》えて体育館《たいいくかん》へ行《い》くと、すぐに授業《じゅぎょう》が始《はじ》まった。

「次《つぎ》は前後《ぜんご》でペアになってストレッチな～」

体育教師《たいいくきょうし》の言葉《ことば》で、わたしは後《うし》ろを振《ふ》り返《かえ》る。

ダークブラウンの少《すこ》し短《みじか》めな髪《かみ》に、きれいな顔立《かおだ》ちの男《おとこ》の子《こ》。

えっと、この人《ひと》は誰《だれ》だっけ……？

必死《ひっし》に頭《あたま》をフル回転《かいてん》させて、莉斗《りと》に送《おく》ってもらったクラス名簿《めいぼ》を思《おも》い出《だ》そうとする。

「何《なに》？」

「あ、いやべつに……」

わたしが見《み》すぎたせいか、眉間《みけん》にしわを寄《よ》せるから視線《しせん》を落《お》とす。

そこはちょうど体操服《たいそうふく》の胸元《むなもと》で〝島崎《しまさき》〟と書《か》いてあった。

島崎《しまさき》、島崎《しまさき》……昴《すばる》だ！

島崎昴《しまさきすばる》、一緒《いっしょ》に補習《ほしゅう》を受《う》ける予定《よてい》って莉斗《りと》が教《おし》えてくれた。

「早《はや》くやんぞ」

「あ、うん」

返事《へんじ》をしてストレッチを始《はじ》める。

向《む》かい合《あ》って足《あし》を開《ひら》き、手《て》をつないで引《ひ》っ張《ぱ》り合《あ》う。

男《おとこ》の子《こ》と手《て》をつなぐことはあんまりないから、ちょっと緊張《きんちょう》……。

「お前《まえ》の手《て》、なんかやわらかいな」

「へっ!?」

「手首《てくび》、細《ほそ》すぎ。こんなに細《ほそ》かった?」

「ちょ、あんまりそんな触《さわ》り方《かた》しなっ、すんなよ〜!! もしかして、俺《おれ》に気《き》があんのー?」

自分《じぶん》で言《い》ったのに、恥《は》ずかしさで顔《かお》から火《ひ》が出《で》そうになる。

だけど周《まわ》りの反応《はんのう》から推測《すいそく》するかぎり、莉《り》斗《と》はこんなお調子者《ちょうしもの》ってことだよね?

そう思《おも》って無理《むり》して言《い》ったのに、島崎《しまさき》くんは反応《はんのう》なし。

ま、間違《まちが》えた……?

「えっと、あの……」

「おまっ、んなわけねーだろ!!　キツイ冗談《じょうだん》言《い》ってんじゃねーよ！　もう終《お》わりだ、ばかやろう!!」

「え……」

乱暴《らんぼう》に手《て》を離《はな》される。

何《なに》その反応《はんのう》……？

「まだ中学生《ちゅうがくせい》だぞ。そんな気《き》があるとかないとか、好《す》き嫌《きら》いとか早《はや》いんだよッ!!」

お、怒《おこ》らせちゃったかな……？

莉斗《りと》の周《まわ》りの男子《だんし》はみんなノリが軽《かる》いのかと思《おも》ってたけど、島崎《しまさき》くんはクールなのかも。

……なんて思《おも》っていたのに!!


「橋本《はしもと》!!　なんでフリーで外《はず》すんだよ!!」

「ご、ごめんなさい……」

「次《つぎ》はちゃんと決《き》めろよ。あと、走《はし》るの遅《おそ》すぎ!!」

「ごめ……」

「いつもみたいにふざけてるんなら、許《ゆる》さないからな!!」

今日《きょう》の体育《たいいく》の授業《じゅぎょう》はバスケの試合《しあい》だった。

わたしは運動《うんどう》が苦手《にがて》で、試合《しあい》が始《はじ》まってからポンコツ続《つづ》き。

そんなわたしの肩《かた》に手《て》を置《お》き、すごい剣幕《けんまく》で島崎《しまさき》くんが怒鳴《どな》ってくる。

周《まわ》りは「またやってる」「莉斗《りと》がすげー怒《おこ》らせてる」ってケラケラ笑《わら》っていた。

味方《みかた》がいないのって、しんどいよ〜……。

少《すこ》し悲《かな》しくなって視線《しせん》を動《うご》かすと榛名《はるな》くんがいたけど、わたしを見《み》てすらいない。

……ううん、自分《じぶん》で決《き》めたんだから、ひとりでがんばらないと！

「おい、聞《き》いてんの？」

「うん。聞《き》いてる。がんばるから」

「ならいい」

やっと島崎《しまさき》くんが離《はな》れてくれる。

迷惑《めいわく》かけないように、次《つぎ》こそしっかりと決《き》めるぞ……!!

「**橋本《はしもと》ォ!!**」

「ひぃっ……」

けどまたすぐ、ミスをしてしまった。

一生懸命《いっしょうけんめい》やっても、長年《ながねん》の運動音痴《うんどうおんち》は気持《きも》ちだけじゃどうにもならないよ……。

「お前《まえ》、本気《ほんき》で……」

「ごめん……」

自分《じぶん》のできなさに、涙《なみだ》が出《で》そうになってきた。

でもここで泣《な》くわけにはいかないし、泣《な》いたら莉斗《りと》じゃないってバレちゃう。

だから下唇《したくちびる》をぐっとかみしめて、涙《なみだ》を我慢《がまん》する。

「っ……次《つぎ》は気《き》をつけろよ」

肩《かた》をポンとされ、顔《かお》を上《あ》げる。

わたしから顔《かお》を逸《そ》らしている島崎《しまさき》くんの耳《みみ》は、なぜだか赤《あか》かった。

「うん!」

せめて、迷惑《めいわく》かけないように必死《ひっし》になってやるしかないっ!!

とにかくボールを追《お》いかけて走《はし》り続《つづ》け、ようやく試合終了《しあいしゅうりょう》まで一分《いっぷん》を切《き》った。

このままなんとか……。

——**ドンッ!**

「ひゃっ……」

パスをもらおうと足《あし》を止《と》めた時《とき》、後《うし》ろから誰《だれ》かがぶつかってきて、足《あし》がグキッとなった。

そのままの勢《いきお》いで、バランスを戻《もど》せないまま床《ゆか》に倒《たお》れる。

「悪《わる》い。大丈夫《だいじょうぶ》か⁉」

「おい莉斗《りと》、立《た》てるか？」

近《ちか》くにいた男子《だんし》がしゃがみこんで、わたしの肩《かた》に手《て》を置《お》く。

「あれ？　肩細《かたほそ》くない？」

「てか、女子《じょし》っぽい匂《にお》いがするぞ！」

わたしを心配《しんぱい》してくれたはずの男子《だんし》が、いきなり首元《くびもと》に顔《かお》を近《ちか》づけてきた。

もうひとりの男子《だんし》も、隣《となり》で匂《にお》いをかいでくる。

「は？　マジ？　んなわけ……マジだ」

「だろ？　なんで⁉」

匂《にお》いって何《なに》⁉

それに、なんか男子《だんし》が集《あつ》まってきてるんだけど……⁉

「今日《きょう》の橋本《はしもと》、なんかかわいくね？」

「わかる。なーんか、かわいいんだよな」

「ちょっ……」

どういうこと!?　というか、この流《なが》れやばくない!?

このままじゃわたしが女子《じょし》ってバレちゃう……。

「足《あし》ひねっただろ。保健室《ほけんしつ》行《い》くぞ」

「え……」

男子《だんし》が伸《の》ばしてきた手《て》が、いきなり近《ちか》くに来《き》た榛名《はるな》くんの手《て》によって払《はら》われる。

その流《なが》れで榛名《はるな》くんがわたしの腕《うで》を自分《じぶん》の肩《かた》に回《まわ》させ、立《た》ち上《あ》がらせてくれた。

「あ、俺《おれ》が莉斗《りと》を連《つ》れて……」

「いい。俺《おれ》が行《い》く。先生《せんせい》、体育《たいいく》を続《つづ》けてください」

「おう。榛名《はるな》なら安心《あんしん》だな。橋本《はしもと》を頼《たの》んだ」

榛名《はるな》くんがわたしを支《ささ》えて、保健室《ほけんしつ》まで連《つ》れていってくれる。

保健室《ほけんしつ》の先生《せんせい》は急用《きゅうよう》ができて、わたしのことを榛名《はるな》くんに任《まか》せて行《い》ってしまった。

「榛名《はるな》くん。あの、ごめんなさい。迷惑《めいわく》かけちゃって……」

「足《あし》出《だ》して。テーピングするから」

「いや、大丈夫《だいじょうぶ》です！　軽《かる》くひねっただけなので……」

「いいから」

「はい……」

榛名《はるな》くんの強《つよ》い言葉《ことば》でひねったほうの足《あし》を出《だ》すと、手際《てぎわ》よくテーピングをしてくれる。

「迷惑《めいわく》かけないって言《い》ったのに、迷惑《めいわく》かけてごめんなさい」

「……」

「それなのに、助《たす》けてくれてありがとう。でももう絶対《ぜったい》、迷惑《めいわく》はかけないように……」

「はぁ……」

わたしの言葉《ことば》の途中《とちゅう》で、大《おお》きなため息《いき》をつかれた。

その様子《ようす》にビクッとなって、言葉《ことば》を続《つづ》けることができなかった。

もう、無理《むり》だよね……。

あそこで榛名《はるな》くんが来《き》てくれなかったら、クラス全員《ぜんいん》にわたしが莉斗《りと》じゃないって、女《じょ》子《し》だってバレていたかもしれない。

「本当《ほんとう》にごめ……あっ、ちょっと……!?」

さすがに落《お》ち込《こ》んで顔《かお》を上《あ》げられない。

そんなわたしの髪《かみ》を榛名《はるな》くんは引《ひ》っ張《ぱ》り、ウィッグを無理《むり》やり外《はず》した。

焦《あせ》って頭《あたま》を押《お》さえるけど、もう取《と》られたあと。

「あんたがどうなっても知《し》らんし、無視《むし》しようと思《おも》ってたのに……」

「え……？」

「あんたのこと、ほっとけねーわ」

「つ、えっと……」

「見《み》ててヒヤヒヤする」

「はい。すみませ……」

頭《あたま》を下《さ》げようとしたわたしの頬《ほお》を、片手《かたて》でつかまれる。

そのせいで、頭《あたま》を動《うご》かせない。

無理《むり》やり視線《しせん》を合《あ》わせられて、こんな状況《じょうきょう》なのにドキドキしてしまう。

「なぁ、李珠《りず》」

「っ!!」

「あんま目立《めだ》つなよ」

榛名《はるな》くんがどんな感情《かんじょう》で言《い》っているのかわからない。

だけど、やっぱりわたしはばかだ。

名前《なまえ》を呼《よ》ばれただけで、胸《むね》が高鳴《たかな》っちゃったんだもん……。

「はい」

「あと、敬語《けいご》はおかしいからやめろ。それに、由仁《ゆに》な」

「へ？」

「俺《おれ》のこと、橋本《はしもと》はそう呼《よ》んでた」

「……由仁《ゆに》？」

「なんでハテナ？」

「わかった。由仁《ゆに》……って呼《よ》ぶ」

「そう」

うなずいた榛名《はるな》くんあらため由仁《ゆに》は、少《すこ》しだけ笑《わら》ってくれた気《き》がする。

それからウィッグを直《なお》して、体操服《たいそうふく》から制服《せいふく》に着替《きが》え残《のこ》りの授業《じゅぎょう》を受《う》けた。

けどまだ、これから補習《ほしゅう》がある。

「補習《ほしゅう》の教室《きょうしつ》はわかるか？」

「うん。わかるよ」

「そうか」

朝《あさ》は目《め》も合《あ》わせてくれなかった由仁《ゆに》は、体育《たいいく》のあとから話《はな》しかけてくれるようになった。

さっきの授業《じゅぎょう》でも、教科書《きょうかしょ》のページを教《おし》えてくれて助《たす》かったなぁ。

「なぁ莉斗《りと》。手《て》、握《にぎ》らせてー」

「匂《にお》いかがせろー」

「ええっ⁉」

体育《たいいく》でバレかけたせいか、クラスメイトが集《あつ》まってくる。

「橋本《はしもと》、肩貸《かたか》す」

「え、あ……」

「**どけ。そこ通《とお》りたい**」

由仁《ゆに》がさっきと同《おな》じように、わたしの肩《かた》に手《て》を回《まわ》す。

クラスの男子《だんし》は由仁《ゆに》の言葉《ことば》で、すんなりとこの場《ば》を離《はな》れた。

「あ、ありがとう……」

「ほら、行《い》くぞ」

由仁《ゆに》の言葉《ことば》にうなずく。

騒《さわ》がしかったクラスメイトが一瞬《いっしゅん》で言《い》うことを聞《き》くなんて、由仁《ゆに》って何者《なにもの》なの……？

「じゃ、がんばれよ」

「うん。ほんとにありがとう」

補習《ほしゅう》がおこなわれる教室《きょうしつ》まで連《つ》れていってもらい、由仁《ゆに》とは離《はな》れる。

さっきの顔《かお》、すごく優《やさ》しかったな。

思《おも》い出《だ》して心臓《しんぞう》がトクンと動《うご》く。

……って、だめだめ！　いまから補習《ほしゅう》なんだから切《き》り替《か》え!!

「橋本《はしもと》はここ」

「え？」

どこに座《すわ》ればいいのか迷《まよ》っていると、島崎《しまさき》くんに名前《なまえ》を呼《よ》ばれた。

指《ゆび》をさして、島崎《しまさき》くんの後《うし》ろの席《せき》だと教《おし》えてくれている。

「うん」

ひねった右足《みぎあし》に負担《ふたん》がかからないように、ひょこひょこと歩《ある》いてそこへ行《い》く。

「な、何《なに》……？」

移動《いどう》している時《とき》も椅子《いす》に座《すわ》る時《とき》も今《いま》も、ずっと島崎《しまさき》くんに見《み》られている。

また何《なに》か怒鳴《どな》られるのかな、と怖《こわ》くなりつつ島崎《しまさき》くんを見《み》つめ返《かえ》す。

「……足《あし》」

「え？」

「足《あし》は、大丈夫《だいじょうぶ》か？」

「足《あし》？　あー、大丈夫《だいじょうぶ》だよ。心配《しんぱい》してくれてありがとう」

「**はぁ？　べ、べつに心配《しんぱい》とかそういうんじゃ……**」

島崎《しまさき》くんは急《きゅう》に顔《かお》を赤《あか》くさせると、勢《いきお》いよく前《まえ》を向《む》いてしまった。

それから先生《せんせい》が配《くば》ったプリントの問題《もんだい》を解《と》いていく。

補習《ほしゅう》だからか基礎問題《きそもんだい》ばかりで、なんなくすべてのプリントを埋《う》めることができた。

いや、もう少《すこ》し間違《まちが》えたほうがいいのかな？

復習《ふくしゅう》したってことにすればいい？　でも、莉斗《りと》がそんなことする？

いろいろ考《かんが》えていると、足《あし》に何《なに》かが当《あ》たる。

それは消《け》しゴムだった。拾《ひろ》って、誰《だれ》のものか確《たし》かめるためにキョロキョロ見回《みまわ》す。

隣《となり》の人《ひと》の机《つくえ》には消《け》しゴムが置《お》いてあるから……。

「これ」

「んあ？」

島崎《しまさき》くんの肩《かた》をトンとすると、気《き》の抜《ぬ》けた返事《へんじ》をしながら振《ふ》り返《かえ》った。

「この消《け》しゴム、島崎《しまさき》く……」

「は？　島崎《しまさき》？」

「っ、昴《すばる》の？」

不思議《ふしぎ》そうにした島崎《しまさき》くんに、焦《あせ》ってすぐに呼《よ》び直《なお》す。

怪《あや》しまれてないよね、と不安《ふあん》で心臓《しんぞう》がドキドキと鳴《な》る。

「おー、そう。落《お》ちてた？」

「うん」

「気《き》づかんかった。さんきゅ」

わたしから消《け》しゴムを受《う》け取《と》ってくれた島崎《しまさき》くんにホッとする。

そうだよね。

わたしははじめましてだけど、莉斗《りと》とはずっと同《おな》じ教室《きょうしつ》で過《す》ごしてきたんだもん。

あの莉斗《りと》が、クラスメイトになれなれしくしていないわけがない。

もう間違《まちが》えないように、心《こころ》の中《なか》でも昴《すばる》って呼《よ》ぼう。


「せんせーできた」

「見《み》せてみろ」

手《て》を挙《あ》げた男子《だんし》が、教卓《きょうたく》の先生《せんせい》の元《もと》へプリントを持《も》っていく。

「もう部活《ぶかつ》行《い》っていい？」

「最初《さいしょ》の一問《いちもん》しか合《あ》ってないから、まだ行《い》けないな」

「くそ〜」

悔《くや》しそうに頭《あたま》をくしゃくしゃにして、席《せき》へ戻《もど》っていく男子《だんし》。

わたしもそろそろ……と思《おも》い、プリントを提出《ていしゅつ》するために教卓《きょうたく》へ行《い》く。

「橋本《はしもと》か……また変《へん》な絵《え》で埋《う》めたりしてないよな？」

「絵《え》!? いや今回《こんかい》は全問正解《ぜんもんせいかい》。俺《おれ》、マジで勉強《べんきょう》したんで!」

先生《せんせい》の言葉《ことば》に驚《おどろ》きつつも、莉斗《りと》っぽく伝《つた》える。

これなら全問正解《ぜんもんせいかい》しててもおかしくないよね?

「橋本《はしもと》、やればできるじゃないか!」

「ありがとうございます」

「よく理解《りかい》してるみたいだから、島崎《しまさき》に教《おし》えてやって」

「え……」

「ほら、島崎《しまさき》だけパンクしそうだから」

昴《すばる》を見《み》ると、頭《あたま》を抱《かか》えていた。

「教《おし》えるのも勉強《べんきょう》だからな」

先生《せんせい》に逆《さか》らうことなんてできるわけがなく、うなずいてからひょこひょこと歩《ある》きだす。

「昴《すばる》」

昴《すばる》の前《まえ》の席《せき》に横向《よこむ》きで座《すわ》り、体《からだ》を向《む》けて声《こえ》をかける。

「なんだよ」

昴《すばる》は不機嫌《ふきげん》さを隠《かく》さずに顔《かお》を上《あ》げた。

「どこがわかんないの？」

「は？」

「って、最初《さいしょ》からちがうじゃん。説明《せつめい》するから聞《き》いといてよ？」

昴《すばる》の態度《たいど》を気《き》にしてても仕方《しかた》ないから、ちゃちゃっと教《おし》えて寮《りょう》に戻《もど》ろう。

そう思《おも》って、勝手《かって》に問題《もんだい》を解説《かいせつ》していく。

「ってことは、こうか？」

「そう！　すごいじゃん!!」

「まぁな」

昴《すばる》はなんで補習《ほしゅう》を受《う》けているのかわからないくらい、呑《の》み込《こ》みが早《はや》かった。

「じゃあ、俺《おれ》は行《い》くわ」

「待《ま》て。その足《あし》じゃ歩《ある》きにくいだろ？」

「え？」

「寮《りょう》の部屋《へや》まで送《おく》るから待《ま》ってろ」

そう言《い》うとわたしの返事《へんじ》を待《ま》たずに、昴《すばる》はドヤ顔《がお》で先生《せんせい》にプリントを提出《ていしゅつ》しに行《い》く。

すぐに戻《もど》ってくると、素早《すばや》く荷物《にもつ》をまとめる昴《すばる》。

「行《い》くぞ。おら、つかまれ」

「えっと……」

近《ちか》づきすぎたら気《き》づかれちゃうかもだよね。

でも昴《すばる》の優《やさ》しさを断《ことわ》るのは、なんだか悪《わる》いような気《き》がするし……。

「じゃあ……」

「橋本《はしもと》、終《お》わった？」

お言葉《ことば》に甘《あま》えようと昴《すばる》に伸《の》ばしていた手《て》を、わたしを呼《よ》ぶ声《こえ》が聞《き》こえたから止《と》める。

「あ、由仁《ゆに》」

声《こえ》が聞《き》こえたほうを見《み》れば、由仁《ゆに》が迎《むか》えに来《き》てくれていた。

そのことがすごくうれしい……って思《おも》ったのは、なんでかな？

とりあえず、これで昴《すばる》にバレる心配《しんぱい》はなくなる。

「寮《りょう》まで肩貸《かたか》してくんない？」

「そのつもりで来《き》た」

「ありがとう、由仁《ゆに》」

お礼《れい》を言《い》うと由仁《ゆに》が教室《きょうしつ》に入《はい》ってきて、わたしのカバンを持《も》ってくれる。

「同室《どうしつ》だから由仁《ゆに》に頼《たの》むわ。昴《すばる》もありがと」

「……べつに」

目《め》を逸《そ》らした昴《すばる》は、それだけ言《い》うとカバンを持《も》って教室《きょうしつ》を出《で》ていった。

……なんか、怒《おこ》ってた？　って、そんなわけないか。

「行《い》くぞ」

「あ、うん。カバンも持《も》ってくれてありがとう」

「ん」

由仁《ゆに》に支《ささ》えられながら、寮《りょう》まで歩《ある》いていく。

なんとか誰《だれ》にもバレずに、一日目《いちにちめ》を終《お》えることができた。

でも由仁《ゆに》がいなかったら、すでにみんなにバレていたと思《おも》う。

「由仁《ゆに》がいてくれてよかった。ありがとう」

「……まだ油断《ゆだん》すんなよ」

「うん！」

大《おお》きくうなずいたわたしに、由仁《ゆに》は少《すこ》し呆《あき》れながらも優《やさ》しい表情《ひょうじょう》をしていた。……と思《おも》う。

莉斗《りと》の親友登場《しんゆうとうじょう》

男子校《だんしこう》に潜入《せんにゅう》して二日目《ふつかめ》も無事《ぶじ》に終《お》え、三日目《みっかめ》もなんとか終《お》わろうとしていた。

寮《りょう》の食堂《しょくどう》で由仁《ゆに》と向《む》き合《あ》って夜《よる》ご飯《はん》を食《た》べる。

由仁《ゆに》といれば、なぜかお調子者男子《ちょうしものだんし》たちは話《はな》しかけてこない。

不思議《ふしぎ》に思《おも》ったから莉斗《りと》にメッセージで聞《き》くと《超《ちょう》お金持《かねも》ちで完璧人間《かんぺきにんげん》だから、敵《てき》に回《まわ》すとやばいんだって。俺《おれ》は気《き》にしたことないけど》ってきた。

ほんと莉斗《りと》ってテキトーで自由人《じゆうじん》すぎる。

そんな莉斗《りと》だから、わたしの中学《ちゅうがく》で何《なに》かやらかしたりしてないよね……？

心配事《しんぱいごと》ばかりだけど、今《いま》はあと二日《ふつか》を乗《の》り切《き》ることだけ考《かんが》える。

「行《い》くか」

「うん」

わたしが食《た》べ終《お》わるのを待《ま》っててくれた由仁《ゆに》は、本当《ほんとう》に優《やさ》しいな。

初《はじ》めて会《あ》った時《とき》は、迷惑《めいわく》かけないようにしなきゃって思《おも》ってたのに。

今《いま》では由仁《ゆに》に頼《たよ》りきっている。

一秒《いちびょう》も離《はな》れないなんてことはできないから、わたしもしっかりしないと……！

「榛名《はるな》、ちょっといいか」

食堂《しょくどう》を出《で》ようとした時《とき》、寮長《りょうちょう》さんが由仁《ゆに》に声《こえ》をかけてきた。

「……あとで」

「今《いま》すぐ」

由仁《ゆに》が嫌《いや》そうな顔《かお》をするけど、寮長《りょうちょう》さんは急《いそ》ぎの用《よう》みたいだ。

「行《い》ってきなよ。俺《おれ》、先《さき》に戻《もど》ってるから」

わたしがそう言葉《ことば》をかけると、由仁《ゆに》が心配《しんぱい》そうな瞳《ひとみ》を向《む》けてくる。

まぁ、たしかにここに来《き》てから危《あぶ》ないことが何度《なんど》もあった。

今日《きょう》なんてトイレの個室《こしつ》に入《はい》ってたら、ドアをドンドンと強《つよ》く叩《たた》かれて怖《こわ》かったし。

ほんと男子《だんし》のイタズラやノリには、まったくついていけない……。

だけど今《いま》は、部屋《へや》に急《いそ》いで戻《もど》ればいいだけ。

大丈夫《だいじょうぶ》とアピールするために、由仁《ゆに》に向《む》けてピースをして笑顔《えがお》をつくる。

安心《あんしん》させようと思《おも》ったのに、なぜか特大《とくだい》のため息《いき》をつかれてしまった。

「榛名《はるな》」

寮長《りょうちょう》さんが急《せ》かすように、再《ふたた》び由仁《ゆに》の名前《なまえ》を呼《よ》ぶ。

「チッ……」

「おい、いま舌打《したう》ちしたか？」

「べつに」

反抗的《はんこうてき》な態度《たいど》をしながらも、由仁《ゆに》は寮長《りょうちょう》さんについていった。

そのうしろ姿《すがた》を少《すこ》し見送《みおく》ってから、わたしは早歩《はやある》きで部屋《へや》に向《む》かう。

あと、この角《かど》を曲《ま》がってまっすぐ行《い》けば部屋《へや》に……。

「きゃっ、んん……」

いきなり手首《てくび》をつかまれ、叫《さけ》び声《ごえ》を上《あ》げそうになったところで口《くち》も押《お》さえられた。

そのまま抵抗《ていこう》できずに引《ひ》っ張《ぱ》られて、どこかの部屋《へや》に連《つ》れこまれる。

誰《だれ》ッ!?　暗《くら》くて見《み》えな……。

「わ、まぶし……」

真《ま》っ暗《くら》な部屋《へや》だったのに、いきなり電気《でんき》をつけられて目《め》を押《お》さえた。

明《あか》るさに目《め》が慣《な》れてきたところで、目元《めもと》を隠《かく》していた手《て》をどける。

周《まわ》りを確認《かくにん》すると、寮《りょう》で使《つか》うシーツやタオルが保管《ほかん》してあるリネン室《しつ》だった。

そして、わたしを引《ひ》っ張《ぱ》ったのは……。

「よ、莉斗《りと》」

ニコッと笑《わら》って名前《なまえ》を呼《よ》んだこの人《ひと》は、**たしか笠原飛鳥《かさはらあすか》。**

莉斗《りと》といちばん仲《なか》が良《い》いって、事前情報《じぜんじょうほう》のメッセージに書《か》いてあった。

そういえば、教室《きょうしつ》では会《あ》わなかったな。

莉斗《りと》と仲良《なかい》いってことは、けっこう変《か》わってる人《ひと》なのかもしれない。

この人《ひと》をだますのは難《むずか》しそうだけど、やるしかないよね……!!

がんばってわたしの中《なか》で、莉斗《りと》を想像《そうぞう》する。

「なんだよ、いきなり。びっくりさせんなよな〜、飛鳥《あすか》」

これまでの経験《けいけん》で、莉斗《りと》はみんなのことを下《した》の名前《なまえ》で呼《よ》ぶとわかっている。

テンションは高《たか》めに返《かえ》したし、笠原飛鳥《かさはらあすか》の肩《かた》にグーで軽《かる》く当《あ》ててもみた。

男子《だんし》ってこんな感《かん》じのノリだよね……?

「え……あれ……」

笠原飛鳥《かさはらあすか》がキョトンとして、わたしを見《み》つめてくる。

「ん？　どうした？」

「おかしいな……」

首《くび》を傾《かし》げて考《かんが》える素振《そぶ》りをする笠原飛鳥《かさはらあすか》に、緊張《きんちょう》で心臓《しんぞう》がドクドクと音《おと》を立《た》てる。

「な、何《なに》が？」

「莉斗《りと》ってオレのこと、飛鳥《あすか》って呼《よ》んだことなかっただろ」

う、嘘《うそ》……!?　あえての苗字《みょうじ》呼《よ》び!?

「そうだっけ？　飛鳥《あすか》って呼《よ》びたかったけど、嫌《いや》なら笠原《かさはら》に戻《もど》すわ」

軽《かる》いノリを演《えん》じるわたしに、顔《かお》を近《ちか》づけてくる笠原飛鳥《かさはらあすか》。

シルバーに近《ちか》いきれいな金色《きんいろ》の少《すこ》し長《なが》めな髪《かみ》を耳《みみ》にかけると、ピアスが光《ひか》った。

チャラい見《み》た目《め》だけど、顔《かお》はモデルさんみたいにきれいで整《ととの》っている。

瞳《ひとみ》も同《おな》じくらいにきれいで、思《おも》わず吸《す》い込《こ》まれそうになる。

「ふはっ」

そんなきれいな顔《かお》がくしゃっとなるほど、笠原飛鳥《かさはらあすか》が笑《わら》いだす。

「嘘《うそ》だよ。笠原《かさはら》なんて呼《よ》ばれたことないって」

「ええ……」

まったく読《よ》めない笠原飛鳥《かさはらあすか》に戸惑《とまど》う。

「なぁ、莉斗《りと》」

さっきまで笑《わら》っていたのに、急《きゅう》に真剣《しんけん》な表情《ひょうじょう》になる。

そのままわたしに近《ちか》づくから、危機感《ききかん》をおぼえて後《うし》ろに数歩《すうほ》下《さ》がった。

けどすぐ背中《せなか》に壁《かべ》が当《あ》たり、これ以上《いじょう》は逃《に》げられない……。

わたしの顔《かお》の横《よこ》に手《て》をついて、もう片方《かたほう》の手《て》はわたしの顔《かお》に伸《の》びてくる。

「ちょっ、何《なに》!?　やめろって」

「何《なに》っていつものだろ」

「いつものって……」

「ほら、いろいろしてるだろ。オレたち」

「いろいろって、何《なに》を……」

おそるおそるたずねると、ついに笠原飛鳥《かさはらあすか》の長《なが》い指《ゆび》がわたしの顎《あご》に添《そ》えられた。

そのまま耳元《みみもと》に口《くち》を寄《よ》せられる。

「イケナイこと」

「つ……」

ちょっと待《ま》ってよ……!!　莉斗《りと》と笠原飛鳥《かさはらあすか》って、そういう関係《かんけい》なのっ!?

いや、それはいいんだけど、わたしは莉斗《りと》じゃない。

だからこれって、笠原飛鳥《かさはらあすか》の浮気《うわき》になっちゃうんじゃないの？

「ご、ごめん。無理《むり》」

「なんで？　断《ことわ》ったことねーじゃん」

ふたりってそんなに深《ふか》い仲《なか》なの……!?

これ以上《いじょう》、拒否《きょひ》したら怪《あや》しまれる。

それでも莉斗《りと》の好《す》きな人《ひと》と、どうにかなるなんてできない。

そもそも、具体的《ぐたいてき》に何《なに》をするかなんて、わたしにはわかんないよっ……!!

「きょ、今日《きょう》は無理《むり》っ！　来週《らいしゅう》からなら……!!」

「……ぶっ。**あはははっ**」

「……え？」

「もう限界《げんかい》。おもしろすぎるって」

意《い》を決《けっ》して言《い》ったのに、なぜかお腹《なか》を抱《かか》えて笑《わら》いだす笠原飛鳥《かさはらあすか》。

目《め》にうっすら涙《なみだ》まで浮《う》かべるほど笑《わら》っているけど、わたしには意味《いみ》がわからない。

「ごめんごめん、素直《すなお》すぎておもしろかった」

「それって……」

「オレと莉斗《りと》は、そんな関係《かんけい》じゃないよ」

その言葉《ことば》にホッと胸《むね》をなで下《お》ろした。

莉斗《りと》の好《す》きな人《ひと》を奪《うば》うなんて形《かたち》にならなくてよかったよ……。

「ふっ、安心《あんしん》してんね？　自分《じぶん》のことなのに」

「え？　あ、いや、えっと……」

「もういいよ。わかってるし」

「あ、ちょっ……」

笠原飛鳥《かさはらあすか》が壁《かべ》についていた手《て》を動《うご》かして、わたしのウィッグを引《ひ》っ張《ぱ》った。

やばいっ！と思《おも》った時《とき》にはもう、莉斗《りと》ではなく李珠《りず》の姿《すがた》に。

「**莉斗《りと》じゃないことにはすぐに気《き》づいたよ。もちろん女《おんな》の子《こ》ってことも**」

笠原飛鳥《かさはらあすか》がニコニコしながら、外《はず》したウィッグをわたしの前《まえ》で揺《ゆ》らす。

ってことは、最初《さいしょ》からわかってて……⁉

からかわれたことが悔《くや》しくて、口《くち》を結《むす》んで笠原飛鳥《かさはらあすか》をにらむように見《み》た。

「ごめんって。反応《はんのう》がおもしろいからついね」

まったく反省《はんせい》していない顔《かお》。

笠原飛鳥《かさはらあすか》の手《て》のひらの上《うえ》で転《ころ》がされたみたいで、めちゃめちゃ悔《くや》しい……っ!!

「安心《あんしん》していいよ。誰《だれ》かに言《い》うつもりはないから」

「……ありがとう」

口止《くちど》めする前《まえ》に、笠原飛鳥《かさはらあすか》のほうからそう言《い》ってくれたのは助《たす》かる。

本当《ほんとう》に信《しん》じていいのかは、まだわからないけど……。

「莉斗《りと》からふたごの姉《あね》がいるって聞《き》いたことがあったけど、こんなにかわいいなんてね」

「え……」

「くわしくは教《おし》えてもらえなかったけど。莉斗《りと》、ぜんぜん紹介《しょうかい》してくれる気《き》なかったから」

「そ、そうなんだ」

その発言《はつげん》には、当《あ》たりさわりなく返《かえ》すしかできない。

「うん。それで、名前《なまえ》はなんて言《い》うの？」

「……橋本李珠《はしもとりず》です」

「へぇ、李珠《りず》ちゃん。かわいい名前《なまえ》だね」

あと二日《ふつか》だったのにまたバレるなんて、やっぱりそんなに簡単《かんたん》じゃなかった……。

「どうして入《い》れ替《か》わってるの？」

「まぁ、いろいろあって今週《こんしゅう》だけ」

「へぇ〜。こんなおもしろいことするなら、教《おし》えといてほしかったな。この三日間《みっかかん》、学校《がっこう》サボっちゃったよ」

だから教室《きょうしつ》にいなかったんだ。ここで会《あ》っちゃったのは運《うん》が悪《わる》かったな……。

「じゃあ、わたしは戻《もど》る……」

「なんで？　もっと話《はな》そうよ」

「金曜日《きんようび》まで、目立《めだ》つわけにはいかないから」

「そのこといまオレと話《はな》さないことは、関係《かんけい》なくない？」

「笠原《かさはら》くん、さっきから近《ちか》いよ！　もう少《すこ》し離《はな》れてっ!!」

「笠原《かさはら》くんじゃなくて、飛鳥《あすか》な」

「け、結局《けっきょく》そっち？」

「うん。ほら、飛鳥《あすか》。言《い》ってみ？」

いちいち艶《つや》っぽい笠原飛鳥《かさはらあすか》は、わたしの顎《あご》に添《そ》えた指《ゆび》を少《すこ》し上《あ》げる。

あ、顎《あご》クイだ……。

こんなの、恋愛《れんあい》マンガでしか見《み》たことないよ……っ!!

「あ、飛鳥《あすか》!」

「なぁに、李珠《りず》ちゃん」

「他《ほか》では名前《なまえ》、呼《よ》ばないでね」

「もちろん。でもいまは李珠《りず》ちゃんっていっぱい呼《よ》びたいな」

背景《はいけい》に赤《あか》いバラの花《はな》が見《み》えるくらいのキラキラな笑顔《えがお》。

飛鳥《あすか》って性格《せいかく》もチャラい感《かん》じの人《ひと》……?

「わたし、もう戻《もど》るからっ」

ウィッグを取《と》り返《かえ》そうと手《て》を伸《の》ばす。

だけどそんなわたしの手首《てくび》は、顎《あご》クイしていた手《て》でつかまれてしまった。

「まだ行《い》かせない。というか、ずっと行《い》かせたくないな」

「はい!?」

「ここ、男子校《だんしこう》だよ？　男《おとこ》はみ〜んな飢《う》えてるから李珠《りず》ちゃんが心配《しんぱい》だよ」

「飢《う》えてるって……？」

「女《おんな》の子《こ》と話《はな》したい、女《おんな》の子《こ》に触《ふ》れたいって思《おも》ってるってこと。それもめちゃくちゃになるくらいに」

飛鳥《あすか》の言《い》っている意味《いみ》がわからなくて、首《くび》を傾《かし》げる。

「莉斗《りと》じゃなくて李珠《りず》ちゃんだってバレたら、捕《つか》まって閉《と》じ込《こ》められちゃうかもね」

「っ……」

「李珠《りず》ちゃんはかわいいから危《あぶ》ないよ。オレはべつに女《おんな》の子《こ》に飢《う》えてないから、部屋《へや》に戻《もど》るよりオレといるほうが安心《あんしん》だと思《おも》うけどな？」

たしかに、飛鳥《あすか》は女子《じょし》に慣《な》れている感《かん》じがする。

わたしが女子《じょし》だと一瞬《いっしゅん》で気《き》づけるくらいには、女子《じょし》との関《かか》わりがあるんだと思《おも》う。

「だからさ……」

「ひゃっ……!?」

つかまれていた手首《てくび》をいきなり引《ひ》っ張《ぱ》られ、飛鳥《あすか》の顔《かお》が目《め》の前《まえ》に……!?

「オレの部屋《へや》に……」

「橋本《はしもと》!!」

いきなりリネン室《しつ》のドアが開《あ》いて、焦《あせ》ったような声《こえ》が響《ひび》く。

そちらに顔《かお》を向《む》けると、肩《かた》で息《いき》をしている由仁《ゆに》がいた。

「由仁《ゆに》!」

名前《なまえ》を呼《よ》んで由仁《ゆに》の元《もと》へ行《い》こうとするけど、飛鳥《あすか》が手《て》を離《はな》してくれない。

「いきなりどうした〜?」

飛鳥《あすか》が軽《かる》い感《かん》じで由仁《ゆに》に言《い》いながら、わたしを隠《かく》すように後《うし》ろへ引《ひ》っ張《ぱ》る。

「お前《まえ》、何《なに》してんだ?」

「べつに〜」

もしかして飛鳥《あすか》は、わたしのことが由仁《ゆに》にバレないようにしてくれてるのかな?

そう思《おも》い、由仁《ゆに》は大丈夫《だいじょうぶ》であることを示《しめ》すために前《まえ》に出《で》ようとする。

だけどそれより早《はや》く、由仁《ゆに》がわたしのところまで来《き》てくれた。

「李珠《りず》、大丈夫《だいじょうぶ》か?」

「うん」

真剣《しんけん》な表情《ひょうじょう》にドキッとしながらもうなずく。

「なーんだ。李珠《りず》ちゃんのことを知《し》ってるのは、オレだけじゃないんだね。しかもよりによって由仁《ゆに》か」

「なんだよ」

「なんでもないよ」

軽《かる》い感《かん》じの飛鳥《あすか》に、由仁《ゆに》はムッとした顔《かお》になりつつウィッグを取《と》り返《かえ》してくれた。

「わっ……」

わたしにウィッグを雑《ざつ》にかぶせる由仁《ゆに》。

「行《い》くぞ」

「あ、うん」

だからササッと自分《じぶん》の髪《かみ》を隠《かく》して、ウィッグを整《ととの》える。

「じゃあね、李珠《りず》ちゃん。おやすみ〜」

両手《りょうて》をひらひらとさせる飛鳥《あすか》に、ペコっとしてからリネン室《しつ》を出《で》る。

廊下《ろうか》に出《で》るとすぐに由仁《ゆに》がわたしの手首《てくび》をつかみ、そのまま部屋《へや》まで行《い》った。

「李珠《りず》、大丈夫《だいじょうぶ》か？　なんで笠原《かさはら》とあそこにいたんだ？」

部屋《へや》に入《はい》ると手《て》は離《はな》され、向《む》き合《あ》う形《かたち》になる。

ドアの前《まえ》だと会話《かいわ》が廊下《ろうか》に聞《き》こえるかもだから、奥《おく》の部屋《へや》に移動《いどう》して会話《かいわ》を再開《さいかい》した。

「部屋《へや》に戻《もど》る時《とき》に、いきなりリネン室《しつ》に引《ひ》きずり込《こ》まれたの」

「何《なに》もされてないか？」

「うん、何《なに》もされてない。でもさすがに莉斗《りと》と仲良《なかい》い飛鳥《あすか》には、すぐにバレちゃった」

苦笑《にがわら》いするわたしに、由仁《ゆに》は頭《あたま》をぽんとしてくれる。

「李珠《りず》が嫌《いや》な思《おも》いしてないならいい」

「っ……」

ドキッとしていると、頭《あたま》に乗《の》せた手《て》で由仁《ゆに》がウィッグをとる。

「な、なんでとるの？」

「李珠《りず》と話《はな》したいなって」

優《やさ》しい瞳《ひとみ》に見《み》つめられて、鼓動《こどう》が速《はや》くなるのを感《かん》じた。

「……由仁《ゆに》って優《やさ》しいよね。わたし、迷惑《めいわく》ばかりかけてるのに……」

「べつに。ただ李珠《りず》のこと、なんかほっとけないんだよ。危《あぶ》なっかしいし」

「うぅ、気《き》をつけます……。いちおう飛鳥《あすか》は秘密《ひみつ》にしてくれるみたいだよ？」

「だろうな」

由仁《ゆに》は確信《かくしん》していたみたいな表情《ひょうじょう》で、ローテーブルに片肘《かたひじ》をついてわたしを見《み》た。

その瞳《ひとみ》があまりにもまっすぐで、思わず見惚《みと》れる。

「ゆ、由仁《ゆに》はどうしてこの学校《がっこう》に入学《にゅうがく》したの⁉」

「は……？」

「わっ、ごめん。ずっと気《き》になってたけど、いきなりすぎたよね」

「うん。いきなりでちょっとびっくりした」

「そうだよね……ははっ……」

なんだかこのまま由仁《ゆに》を見《み》ていたら、心臓《しんぞう》がおかしくなりそうって思《おも》ったんだもん。

だから何《なに》か話《はなし》をしたくて、思《おも》わず質問《しつもん》を投《な》げかけちゃった。

脈絡《みゃくらく》なさすぎたよね……反省《はんせい》……。

「俺《おれ》は最初《さいしょ》から決《き》められてたな。俺《おれ》の家《いえ》も代々会社《だいだいかいしゃ》をしているから、長男《ちょうなん》の俺《おれ》は継《つ》ぐことになる。だからこの学校《がっこう》に入《はい》った。いちおうはエリート校《こう》なんだよ」

「うちの弟《おとうと》がこの学校《がっこう》の価値《かち》を下《さ》げてすみません……」

「ふはっ、なんで李珠《りず》が謝《あやま》るんだよ」

「だって……」

「まぁ勉強《べんきょう》はできなくても、運動《うんどう》が得意《とくい》なやつ、芸術《げいじゅつ》に長《た》けているやつもいる。輝《かがや》く何《なに》かがあれば入学《にゅうがく》できるんだよ」

やわらかい表情《ひょうじょう》で話《はなし》をしてくれる由仁《ゆに》から目《め》が離《はな》せない。

それに輝《かがや》く何《なに》か……わかるなぁ……。

「莉斗《りと》にそれがあるかはわからないけど、由仁《ゆに》は輝《かがや》いてるよね」

「え？」

「**勉強《べんきょう》も運動《うんどう》も芸術的《げいじゅつてき》なこともぜんぶできるし！　すごいよ！**」

「それは小《ちい》さいころから教《おし》え込《こ》まれてるから」

「だからってできないよ。ぜんぶ由仁《ゆに》が磨《みが》いてきた輝《かがや》きなんだね」

「なんだそれ」

「でもいちばんは優《やさ》しさ！　こんなしょーもないわたしを助《たす》けてくれてありがとうっ!!」

本当《ほんとう》に由仁《ゆに》がいてくれてよかったし、由仁《ゆに》と出会《であ》えてよかったたって思《おも》ってる。

由仁《ゆに》がいるから、このありえない男子校潜入《だんしこうせんにゅう》もなんとかなっている。

いままでは由仁《ゆに》がいるから、楽《たの》しいって思《おも》えるくらい。

「〝しょーもない〟を根《ね》に持《も》ってる？」

「えっ⁉ いや、わたしが思《おも》ってるだけで……そういう意味《いみ》じゃなかったんだけど、たしかに嫌味《いやみ》っぽい……？」

「ははっ、悪《わる》かったたって」

「ううん、本当《ほんとう》にしょーもないからいいの！」

「必死《ひっし》だな」

焦《あせ》って弁解《べんかい》しようとするわたしを見《み》て、由仁《ゆに》は楽《たの》しそうに笑《わら》う。

なんだか恥《は》ずかしくなって顔《かお》が熱《あつ》くなる。

「ほんと、目《め》が離《はな》せないわ」

「え……？」

「なぁ李珠《りず》」

「はい」

「あと二日《ふつか》、俺《おれ》から離《はな》れんなよ。学校《がっこう》でも」

「……近《ちか》くにいていいの？」

「守《まも》ってやるよ」

　すごくやわらかい表情《ひょうじょう》で言《い》ってくれたセリフに、大《おお》きく心臓《しんぞう》が跳《は》ね上《あ》がった。

　最初《さいしょ》は『自分《じぶん》でなんとかしろよ』って言《い》っていた由仁《ゆに》だけど、頼《たよ》ることを許《ゆる》してくれた。

　それどころか『守《まも》ってやるよ』なんて……。

　あーもう、いま絶対《ぜったい》に真《ま》っ赤《か》だよ……。

「わかった？」

「うん。由仁《ゆに》から離《はな》れないようにするね！」

　わたしの返事《へんじ》を聞《き》くと、由仁《ゆに》は満足《まんぞく》したように優《やさ》しく笑《わら》ってくれた。

　その笑顔《えがお》を見《み》るだけで、ドキドキして心《こころ》があったかくなる。

　四回目《よんかいめ》の夜《よる》は、初日《しょにち》とちがって由仁《ゆに》がいてくれる安心感《あんしんかん》で包《つつ》まれた。

ふたりのナイト

男子校潜入《だんしこうせんにゅう》、四日目《よっかめ》。

今日《きょう》と明日《あした》を乗《の》り切《き》れば、ミッションクリアだっ……！

「李珠《りず》、行《い》くぞ」

「ごめん、お待《ま》たせっ！」

「ん。行《い》くか」

ドアの前《まえ》で待《ま》っていてくれた由仁《ゆに》と、一緒《いっしょ》に部屋《へや》を出《で》た。

一日目《いちにちめ》は由仁《ゆに》が先《さき》に学校《がっこう》へ行《い》っていたけど、二日目《ふつかめ》からは一緒《いっしょ》に行《い》ってくれている。

そのおかげで、本当《ほんとう》に不安《ふあん》は減《へ》った。

教室《きょうしつ》に着《つ》くと、隣《となり》の席《せき》に座《すわ》る。

こうして由仁《ゆに》の隣《となり》に座《すわ》れるのは、今日《きょう》をふくめてあと二日《ふつか》。

早《はや》く帰《かえ》りたかったはずなのに、由仁《ゆに》と会《あ》えなくなるのは少《すこ》しさみしいかも……。

……って、まだ終《お》わってないから気《き》を抜《ぬ》いちゃだめだ!!

「莉斗《りと》、おっはよー」

「わっ」

いきなり後《うし》ろから肩《かた》を組《く》まれてびっくりする。

横《よこ》を向《む》けば、満面《まんめん》の笑《え》みの飛鳥《あすか》。

「お、おはよ……」

「びっくりした？」

「うん」

「あはっ、かーわいっ」

思《おも》わず固《かた》まったわたしの頬《ほお》を、軽《かる》いノリの飛鳥《あすか》は指《ゆび》でツンツンとしてくる。

「おい」

「何《なに》？」

由仁《ゆに》が飛鳥《あすか》の手《て》をつかんで、わたしから離《はな》させる。

それには飛鳥《あすか》がむすっとして、由仁《ゆに》をにらんだ。

「いちいち近《ちか》い。怪《あや》しまれるだろ」

「オレと莉斗《りと》は友達《ともだち》なんだけど。由仁《ゆに》とずっと一緒《いっしょ》にいるほうが怪《あや》しまれるって」

「怪《あや》しまれない」

「怪《あや》しまれる」

「ちょ、ちょっと……！」

由仁《ゆに》と飛鳥《あすか》の雰囲気《ふんいき》が、ピリついてるような気《き》がするんだけど……？

あまりよくない空気《くうき》を感《かん》じて、間《あいだ》に入《はい》ろうとする。

「おーい、莉斗《りと》」

そんな時《とき》、クラスメイトに声《こえ》をかけられたから顔《かお》をそちらに向《む》けた。

「あ？」

「なんか用《よう》？」

わたしが返事《へんじ》をするよりも早《はや》く、由仁《ゆに》と飛鳥《あすか》が反応《はんのう》する。

ピリピリしているそのままの状態《じょうたい》で。

「いや、莉斗《りと》に用《よう》があるだけで、なんで飛鳥《あすか》と榛名《はるな》が反応《はんのう》するんだよ」

「用《よう》は親友《しんゆう》のオレを通《とお》してからね」

口調《くちょう》は穏《おだ》やかだけど目《め》が笑《わら》っていない飛鳥《あすか》。

由仁《ゆに》は目《め》を細《ほそ》めて、無言《むごん》で男子《だんし》に視線《しせん》を送《おく》る。

あ、圧《あっ》がすごい……!!

「わっ、わかったよ。じゃ、莉斗《りと》。あとでな」

ふたりにするどい視線《しせん》を向《む》けられた男子《だんし》は、わたしに手《て》を振《ふ》って離《はな》れていく。

「あ……」

な、何《なに》も言《い》えなかった……。

でもふたりは、わたしのことを心配《しんぱい》してくれてるんだよね。

だけどさっきのは不自然《ふしぜん》すぎないかな……？

「莉斗《りと》ってあんなにかわいかったっけ？」

「もともと、顔《かお》は中性的《ちゅうせいてき》でかわいかった。でもいまは雰囲気《ふんいき》もかわいくね？」

「いい匂《にお》いもするんだよな〜」

「男《おとこ》だけどいまの橋本《はしもと》ならアリだわ」

クラスメイトから視線《しせん》を感《かん》じて顔《かお》を向《む》ければ、コソコソと何《なに》か話《はな》している。

何《なに》を話《はな》しているかまでは聞《き》き取《と》れなかったけど、わたしのことかな……？

「チッ」

嫌《いや》な意味《いみ》でドキドキしていたら、なぜか急《きゅう》に舌打《したう》ちをした由仁《ゆに》。

「由仁《ゆに》、どうかした？」

びっくりして由仁《ゆに》の顔《かお》をのぞき込《こ》むと、優《やさ》しい表情《ひょうじょう》をしてくれる。

「なんでもない」

その表情《ひょうじょう》から、本当《ほんとう》になんでもないんだと思《おも》い気《き》にすることはなかった。

何事《なにごと》もなく、すべての授業《じゅぎょう》が終《お》わり放課後《ほうかご》になる。

でもまだ、気《き》を抜《ぬ》かないようにしないとね。

心《こころ》の中《なか》で気合《きあ》いを入《い》れながら、荷物《にもつ》をまとめる。

「橋本《はしもと》」

名前《なまえ》を呼《よ》ばれて顔《かお》を上《あ》げると、昴《すばる》がわたしの前《まえ》まで来《き》ていた。

「どうしたの？」

「あ、いや、どうせ目的地《もくてきち》一緒《いっしょ》だしさ」

「そうだね。一緒《いっしょ》に行《い》く？」

「は？　え、べつにお前《まえ》の足《あし》が気《き》になるからで……」

「この前《まえ》の？　軽《かる》い捻挫《ねんざ》だったから、もうほとんど痛《いた》みはないよ」

「でもいつも榛名《はるな》について来《き》てもらってるだろ？　それならおれと行《い》けばいいかなって」

「気《き》にしすぎだよ。でもありがと」

昴《すばる》はこの前《まえ》の体育《たいいく》でわたしが捻挫《ねんざ》をしてから、すごく気《き》にかけてくれる。

昴《すばる》のこと、最初《さいしょ》はちょっと怖《こわ》いなって思《おも》ってた。

けど、一緒《いっしょ》に補習《ほしゅう》を受《う》けてきて悪《わる》い人《ひと》じゃないっていうのはもう知《し》っている。

「いい。俺《おれ》がいるから」

いきなり言葉《ことば》を発《はっ》した由仁《ゆに》を見《み》て、昴《すばる》は眉間《みけん》にしわを寄《よ》せる。

「はぁ？　榛名《はるな》は関係《かんけい》なくね？」

わたしも由仁《ゆに》のセリフにはびっくりした。

「ねえ、昴《すばる》。莉斗《りと》を連《つ》れてこうとすんのやめてくんない？　かわいい顔《かお》してるからって」

由仁《ゆに》と昴《すばる》のやりとりに戸惑《とまど》っていると、飛鳥《あすか》まで来《き》てトンデモ発言《はつげん》。

「は、はぁ!?　そういうんじゃなくて補習《ほしゅう》だし」

「**じゃ、オレも行《い》く**」

「なんでだよ!!」

昴《すばる》のツッコミにわたしもうなずいた。

「オレも勉強《べんきょう》したいし」

「俺《おれ》も行《い》く」

ふたりして補習《ほしゅう》を受《う》けたいなんて、どうしちゃったの!?

「お前《まえ》ら必要《ひつよう》ないだろ。学年《がくねん》トップ2《ツー》の成績《せいせき》なんだから」

ええっ!? 由仁《ゆに》と飛鳥《あすか》って、そんなに勉強《べんきょう》できるんだ?

由仁《ゆに》はわかるけど、飛鳥《あすか》は莉斗《りと》と仲《なか》が良《よ》くて学校《がっこう》もサボってたから少《すこ》し意外《いがい》だった。

「勉強《べんきょう》したいんだからいいでしょ」

笑顔《えがお》の飛鳥《あすか》がわたしに近《ちか》づき、耳元《みみもと》に口《くち》を寄《よ》せる。

「**それに、まだ李珠《りず》ちゃんと一緒《いっしょ》にいたいし**」

「っ、」

飛鳥《あすか》に甘《あま》い声《こえ》でささやかれて、思《おも》わず顔《かお》に熱《ねつ》が集《あつ》まった。

「**おい!**」

けどすぐに由仁《ゆに》がわたしの肩《かた》に手《て》を回《まわ》して引《ひ》き寄《よ》せるから、今度《こんど》は肩《かた》から熱《ねつ》が全身《ぜんしん》に広《ひろ》がっていく。

「ってことで、みんなで補習《ほしゅう》の教室《きょうしつ》に行《い》こっか」

「意味《いみ》わかんねー」

楽《たの》しそうな飛鳥《あすか》に、昴《すばる》はもっと深《ふか》く眉間《みけん》にしわを寄《よ》せた。

けどこれ以上《いじょう》は何《なに》も言《い》えないようで、みんなで補習《ほしゅう》の教室《きょうしつ》へ向《む》かう。

「あの、由仁《ゆに》も補習《ほしゅう》を受《う》けるの？」

ついて来《き》てもらうのが申《もう》し訳《わけ》なくて、由仁《ゆに》に声《こえ》をかける。

「こいつらと一緒《いっしょ》にいるのは心配《しんぱい》」

「でも……」

「俺《おれ》はいいんだよ」

だけどそんなわたしの気持《きも》ちに、すぐ気《き》づいてくれた。

「昨日《きのう》の夜《よる》、言《い》っただろ？」

わたしと視線《しせん》をからませてくる。

その言葉《ことば》で、昨日《きのう》言《い》われたことを思《おも》い出《だ》した。

『俺《おれ》から離《はな》れんなよ』

『守《まも》ってやるよ』

由仁《ゆに》のまっすぐなセリフを思《おも》い出《だ》して、顔《かお》がいっきに熱《あつ》くなる。

「由仁《ゆに》、近《ちか》い!!」

コソコソ話《はな》していたわたしたちに気《き》づいた飛鳥《あすか》が、振《ふ》り返《かえ》って大《おお》きな声《こえ》を出《だ》した。

「うるさい。着《つ》いた」

由仁《ゆに》はふいっと飛鳥《あすか》から顔《かお》を逸《そ》らす。

なんだかんだ、このふたりって相性《あいしょう》いいんじゃない?なんて思《おも》ってしまった。

「じゃあ、ふたりともありがとう」

教室《きょうしつ》の前《まえ》で由仁《ゆに》と飛鳥《あすか》にお礼《れい》を言《い》えば、飛鳥《あすか》はキョトン顔《がお》で首《くび》を傾《かし》げた。

「いや、オレも受《う》けるって」

そう言《い》った飛鳥《あすか》が教室《きょうしつ》に入《はい》ってくる。

「え?　本気《ほんき》だったの?」

「もちろん」

飛鳥《あすか》の軽《かる》いノリの冗談《じょうだん》かと思《おも》ってたのに、本気《ほんき》だったんだ……。

「あれ?　なんで榛名《はるな》と笠原《かさはら》がいるんだ?」

教卓《きょうたく》のところに立《た》っていた先生《せんせい》が、不思議《ふしぎ》がって由仁《ゆに》と飛鳥《あすか》を見《み》ている。

「せんせー、オレも補習《ほしゅう》受《う》けさせて」

「俺《おれ》も」

由仁《ゆに》も本気《ほんき》だったみたいで、飛鳥《あすか》に続《つづ》いて言葉《ことば》を発《はっ》した。

「意欲的《いよくてき》だな。後《うし》ろの席《せき》ならいいぞ。ふたりには応用問題《おうようもんだい》を集《あつ》めたプリントでいいよな？」

「いいよー。やったね」

補習《ほしゅう》をみずから受《う》けにきて、応用問題《おうようもんだい》のプリントで喜《よろこ》ぶ飛鳥《あすか》。

それを見《み》た全員《ぜんいん》がありえないっていう顔《かお》で、飛鳥《あすか》を見《み》つめていた。

わたしと昴《すばる》はいつもの席《せき》に座《すわ》るから、由仁《ゆに》と飛鳥《あすか》とは少《すこ》し距離《きょり》がある。

「なぁ、橋本《はしもと》」

昴《すばる》が振《ふ》り返《かえ》ってわたしを呼《よ》ぶから顔《かお》を上《あ》げた。

「ん？　どっかわからないところあった？」

「いや、わからないところはあるけどそうじゃなくて」

「………？」

首《くび》を傾《かし》げると昴《すばる》が顔《かお》を近《ちか》づけるから、わたしも前《まえ》かがみになって耳《みみ》を寄《よ》せた。

「橋本《はしもと》って、あのふたりとあんなに仲良《なかよ》かったか？　特《とく》に榛名《はるな》」

「えっ？」

「今週《こんしゅう》に入《はい》ってから、榛名《はるな》が橋本《はしもと》に引《ひ》っついてね？　笠原《かさはら》も今日久《きょうひさ》しぶりに学校《がっこう》に来《き》たと思《おも》ったらあれだし」

周《まわ》りに聞《き》こえないくらいの声《こえ》でささやかれた言葉《ことば》に、ドキッと心臓《しんぞう》が音《おと》を立《た》てた。

このドキッは、怪《あや》しまれてることに対《たい》してのもの。

「もしかして……」

「あ、えっと、べつに前《まえ》から……」

「あいつらの弱《よわ》みでも握《にぎ》ってんのか？」

「……へ？」

「それとも金《かね》で買《か》った？　って、あいつらは超金持《ちょうかねも》ちだから、金《かね》で動《うご》くわけないか」

想像《そうぞう》もしていなかった発言《はつげん》に、目《め》をパチパチさせる。

昴《すばる》は真剣《しんけん》な顔《かお》で考《かんが》えていた。

「いまも橋本《はしもと》と話《はな》してるだけで、すげーにらんできてるし」

「え？」

「弱《よわ》みを握《にぎ》ってるか、金《かね》で買《か》ったかしかありえなくね？」

「あははっ、どっちもないよ」

真剣《しんけん》すぎるその表情《ひょうじょう》に、思《おも》わず吹《ふ》き出《だ》してしまった。

でも怪《あや》しまれてるから、気《き》をつけないといけないね。

「んんっ」

笑《わら》っていると咳払《せきばら》いが聞《き》こえて、振《ふ》り返《かえ》ると由仁《ゆに》だった。

「そこの島崎昂《しまさきすばる》くん、まじめに勉強《べんきょう》しなよ。補習《ほしゅう》なんだから」

飛鳥《あすか》はなぜか昂《すばる》を名指《なざ》しで注意《ちゅうい》してきた。

わたしも一緒《いっしょ》に話《はな》してたから、昂《すばる》だけ言《い》われちゃって申《もう》し訳《わけ》ない……。

「うるせー」

昂《すばる》は不機嫌《ふきげん》な表情《ひょうじょう》でそう返《かえ》すと、前《まえ》を向《む》いてプリントを解《と》き始《はじ》めた。

由仁《ゆに》と飛鳥《あすか》が心配《しんぱい》してくれるのはありがたいけど、やっぱり不自然《ふしぜん》すぎるよね？

最後《さいご》の日《ひ》は、怪《あや》しまれないようにもっと自然《しぜん》にしてってって伝《つた》えよう。


今日《きょう》の補習《ほしゅう》も無事《ぶじ》に終《お》わり、由仁《ゆに》と飛鳥《あすか》と一緒《いっしょ》に寮《りょう》に戻《もど》る。

夕食《ゆうしょく》は三人《さんにん》で食堂《しょくどう》に行《い》き、一緒《いっしょ》に食《た》べた。

あとは部屋《へや》に戻《もど》るだけなのに、なぜか部屋《へや》まで飛鳥《あすか》がついてくる。

「ついてくんなよ」

それにはさすがに、由仁《ゆに》が嫌《いや》そうな顔《かお》をして飛鳥《あすか》に冷《つめ》たく言葉《ことば》を投《な》げた。

「やだね」

由仁《ゆに》の冷《つめ》たい言葉《ことば》には負《ま》けず、いつもどおりに返《かえ》す飛鳥《あすか》。

「は？　自分《じぶん》の部屋《へや》に行《い》けよ」

「いつも入《い》れてくれてるじゃん」

「それは橋本《はしもと》が勝手《かって》に入《い》れてるんだろ」

「莉斗《りと》〜、いいよね？」

由仁《ゆに》と話《はな》していたのに、いきなりこちらを向《む》く飛鳥《あすか》。

わたしに話《はなし》を振《ふ》られると思《おも》っていなかったから、びっくりしてすぐに声《こえ》が出《で》ない。

「無理《むり》」

わたしの代《か》わりに由仁《ゆに》が答《こた》えると、飛鳥《あすか》が大《おお》きな声《こえ》で騒《さわ》ぎ出《だ》す。

「いーやーだー!!　由仁《ゆに》に言《い》ってない！　莉斗《りと》、いーれーてー!!」

その声《こえ》に、廊下《ろうか》を歩《ある》いていた人《ひと》たちがこちらを見《み》た。

このまま断《ことわ》ってたら、もっと騒《さわ》いで目立《めだ》っちゃいそうだなぁ……。

由仁《ゆに》も同《おな》じことを思《おも》ったのか、大《おお》きなため息《いき》をつくと部屋《へや》のドアを開《あ》けた。

「やったー!!」

大《おお》げさに喜《よろこ》んだ飛鳥《あすか》は、いちばんに部屋《へや》に入《はい》る。

そして慣《な》れたように、部屋《へや》にあるクッションに座《すわ》った。

「ほら、こっちこっち」

飛鳥《あすか》が手招《てまね》きをしてわたしを呼《よ》ぶから、近《ちか》づいて隣《となり》に座《すわ》る。

「っ!?」

「おい！」

いきなりウィッグをとられてびっくりするわたしと、怒《おこ》ったように声《こえ》を出《だ》す由仁《ゆに》。

「いいじゃん。ここではオレらの前《まえ》でしか、李珠《りず》ちゃんになれないんだから」

飛鳥《あすか》って本当《ほんとう》にいきなりウィッグをとるから、心臓《しんぞう》に悪《わる》いよ……。

「李珠《りず》ちゃんもずっとウィッグは嫌《いや》でしょ？」

「でもしないといけないからね」

「オレの前《まえ》では、李珠《りず》ちゃんでいいよ。むしろ李珠《りず》ちゃんでいて～」

飛鳥《あすか》がわたしに手《て》を伸《の》ばす。

けどその飛鳥《あすか》の手《て》を由仁《ゆに》がつかんだから、触《ふ》れられることはなかった。

「いちいち触《さわ》んなって」

「由仁《ゆに》はいちいち邪魔《じゃま》しないでくんない？」

「無理《むり》。というか、邪魔《じゃま》なのはお前《まえ》。自分《じぶん》の部屋《へや》に戻《もど》れ」

「嫌《いや》だよ。だって李珠《りず》ちゃん、明日《あした》には帰《かえ》るんでしょ？」

飛鳥《あすか》がわたしに顔《かお》を向《む》ける。

由仁《ゆに》も同《おな》じように、わたしに顔《かお》を向《む》けてきた。

「うん。帰《かえ》るよ」

「ほら〜。今日《きょう》が最後《さいご》の夜《よる》じゃん」

飛鳥《あすか》が両手《りょうて》を広《ひろ》げてわたしに近《ちか》づこうとするけど、それを由仁《ゆに》が防《ふせ》いでくれる。

最後《さいご》の夜《よる》、か……。

「なんか、さみしいね……」

思《おも》わずぽろっと口《くち》から出《で》た言葉《ことば》。

そこでハッとして、両手《りょうて》で口《くち》を押《お》さえる。

けどしっかり聞《き》こえていたみたいで、由仁《ゆに》と飛鳥《あすか》が驚《おどろ》いた表情《ひょうじょう》でわたしを見《み》ていた。

「ご、ごめん。本当《ほんとう》は入《い》れ替《か》わって女子《じょし》のわたしが男子校《だんしこう》に来《く》るなんて、絶対《ぜったい》にだめなのに。でも、ふたりと過《す》ごせて楽《たの》しかったなって……」

心《こころ》から、そんなことを思《おも》っちゃったんだ。

「李珠《りず》ちゃんっ！」

「だから、抱《だ》きつこうとすんな」

「ほんと由仁《ゆに》が邪魔《じゃま》だわ」

むすっとした飛鳥《あすか》だけど、すぐに笑顔《えがお》を向《む》けてくれる。

「オレも李珠《りず》ちゃんに出会《であ》えてよかったよ。李珠《りず》ちゃん、おもしろくてかわいいんだもん」

「だ、だってあれは……」

昨日《きのう》の夜《よる》のリネン室《しつ》でのやりとりを思《おも》い出《だ》して、顔《かお》が熱《あつ》くなった。

「いちおう言《い》っとくけど、本当《ほんとう》にオレと莉斗《りと》はそんな関係《かんけい》じゃないから。オレは女《おんな》の子《こ》が好《す》きだからね」

「うん。わかった」

「あー、ほんと李珠《りず》ちゃんっておもしろくてかわいい。ね、連絡先交換《れんらくさきこうかん》しよ！」

「え……って、わたしのスマホ!!」

返事《へんじ》をする前《まえ》に、飛鳥《あすか》がローテーブルに置《お》いていたわたしのスマホを取《と》った。

そしてポケットから自分《じぶん》のスマホを出《だ》して、慣《な》れた手《て》つきで操作《そうさ》をする。

「よし！　これで李珠《りず》ちゃんが元《もと》の生活《せいかつ》に戻《もど》っても、つながれるね！」

「うん。でもそんな、奪《うば》うようにしなくても……」

「ごめんごめん。待《ま》ちきれなくて」

そう言《い》ってはにかむ飛鳥《あすか》に、まぁいっかって思《おも》ってしまった。

「李珠《りず》、俺《おれ》とも」

「え？」

いきなり由仁《ゆに》がスマホの画面《がめん》を、わたしに向《む》けた。

「読《よ》み込《こ》んで」

「あ、うん」

驚《おどろ》きながらも、スマホのカメラで画面《がめん》を映《うつ》す。

「できたよ」

「ありがとう」

お礼《れい》を言《い》った由仁《ゆに》は、やわらかく笑《わら》ってくれた。

「すぐ便乗《びんじょう》してこないでほしいんだけど」

「うるさい」

「うるさいしか言《い》えないわけ？」

「うるさいやつには、うるさいしか言《い》えないだろ」

な、なんで急《きゅう》にケンカが始《はじ》まってるのっ⁉

言《い》い合《あ》いをはじめた由仁《ゆに》と飛鳥《あすか》を交互《こうご》に見《み》る。

「いっつもオレが部屋《へや》に遊《あそ》びにきたら、ヘッドフォンして無視《むし》してるくせに。今日《きょう》はやけに突《つ》っかかってくるじゃん」

「うるさいからな」

「こんなにすかしてるのに、学外《がくがい》の女《おんな》の子《こ》からモテんのマジで意味《いみ》わかんないわ」

「はぁ？　知《し》らない話《はなし》すんな」

「あーあー、やだやだ。これだから顔《かお》が良《よ》くて金持《かねも》ちで勉強《べんきょう》も運動《うんどう》もできる完璧人間《かんぺきにんげん》は」

「うるさい」

なんか、この雰囲気《ふんいき》はやばくない⁉

ついていけなくて固《かた》まっちゃったけど、これは止《と》めなきゃ……っ‼

「ふたりとも、ストッ……」

「**橋本**《はしもと》**、入**《はい》**るぞ**」

いきなりドアの開《ひら》く音《おと》がすると、ハッキリと昴《すばる》の声《こえ》が聞《き》こえた。

「……えっ⁉」

ななな、なんで昴《すばる》が？

てか、入《はい》ってきてるよね⁉

どうしようかと焦《あせ》っていると、由仁《ゆに》がわたしの肩《かた》を強《つよ》く後《うし》ろへ引《ひ》っ張《ぱ》った。

「わぁっ⁉」

びっくりするわたしの上《うえ》に、何《なに》かがかぶせられる。

「静《しず》かに」

暗《くら》くなった視界《しかい》の中《なか》、小《ちい》さな声《こえ》が耳《みみ》に届《とど》いた。

「……っ」

だから両手《りょうて》で口《くち》を押《お》さえて、声《こえ》を出《だ》さないように息《いき》をひそめる。

「よう」

「は？　なんで笠原《かさはら》がいんの」

「遊《あそ》びに来《き》てたんだよ。で、昴《すばる》はなんの用《よう》？　勝手《かって》に入《はい》ってきて」

「橋本《はしもと》に用《よう》があって何回《なんかい》もドアをノックしたのに、出《で》ないからだろ」

由仁《ゆに》と飛鳥《あすか》に気《き》を取《と》られて、ノックの音《おと》にまったく気《き》づかなかったよ……。

「それはごめんね。話《はなし》が盛《も》り上《あ》がってたから」

「お前《まえ》ら、そんなに仲良《なかよ》かった？」

「意外《いがい》とね」

「ふうん。ま、どうでもいいや。で、橋本《はしもと》は？」

「少《すこ》し前《まえ》に大浴場《だいよくじょう》に行《い》ったばっかだから、まだ戻《もど》ってこないわ。代《か》わりに聞《き》くよ」

「……そ。これ、補習《ほしゅう》のプリントを間違《まちが》えて俺《おれ》が持《も》ってたから渡《わた》しにきた。明日《あした》、最後《さいご》の補習《ほしゅう》で確認《かくにん》テストだから必要《ひつよう》だと思《おも》って」

「了解《りょうかい》。オレから渡《わた》しておくよ」

「ちゃんと忘《わす》れずに渡《わた》せよ」

「はいはい。じゃーね」

飛鳥《あすか》の明《あか》るい声《こえ》と昴《すばる》であろう足音《あしおと》が聞《き》こえた。

そろそろ大丈夫《だいじょうぶ》かな……。

「あ、そうだ。お前《まえ》ら、橋本《はしもと》に引《ひ》っつきすぎ。かん違《ちが》いされるぞ」

「なんのかん違《ちが》い？」

「はぁ!?　そ、それはアレしかないだろ」

「アレって？」

「〜っ、もういい!!　じゃあな!!」

何《なに》を言《い》いたかったのかわからないけど、昴《すばる》は焦《あせ》った様子《ようす》で部屋《へや》を出《で》ていった。

「李珠《りず》ちゃん、もう出《で》てきていいよ」

「李珠《りず》、よく我慢《がまん》したな」

飛鳥《あすか》と由仁《ゆに》の声《こえ》のあと、わたしにかぶせられていたものが取《と》られる。

「ぷはぁっ……」

「息止《いきと》めてたのかよ」

「だって、心臓《しんぞう》が飛《と》び出《で》ちゃうかと思《おも》ったから……」

本当《ほんとう》にバレるかと思《おも》って、すごくドキドキした。

「は？　そんなのかぶせてたの？」

飛鳥《あすか》の反応《はんのう》で気《き》になり、由仁《ゆに》の手元《てもと》を見《み》る。

「隠《かく》せるもんが近《ちか》くにこれしかなかったから」

それは学校《がっこう》の制服《せいふく》のシャツだった。

「由仁《ゆに》のシャツ？」

「悪《わる》い。今日《きょう》着《き》てたやつ」

今日《きょう》着《き》てたの⁉

なんだか、いまさら意味《いみ》もなくドキッとしてしまう……。

「はぁ？　女《おんな》の子《こ》にそんなんかぶせるとかありえないんだけど⁉」

「仕方《しかた》ないだろ」

由仁《ゆに》はふてくされたような表情《ひょうじょう》で、飛鳥《あすか》から目《め》を逸《そ》らす。

「李珠《りず》ちゃんも嫌《いや》だったよね⁉」

飛鳥《あすか》はわたしに顔《かお》をグイッと近《ちか》づけて、圧強《あつつよ》めで聞《き》いてきた。

「嫌《いや》じゃないよ。むしろ由仁《ゆに》がわたしを隠《かく》してくれて、飛鳥《あすか》が昴《すばる》の対応《たいおう》してくれたから
バレなかった。ふたりには感謝《かんしゃ》しかないよ！」

本当《ほんとう》にバレそうな危《あぶ》ない場面《ばめん》だった。

「さっきはありがとう‼」

笑顔《えがお》でお礼《れい》を言《い》えば、なぜかふたりとも少《すこ》し頬《ほお》が赤《あか》くなる。

「……おう」

「どういたしまして」

そう返《かえ》してくれたふたりに、もう一度《いちど》笑顔《えがお》を向《む》けた。

最初《さいしょ》は不安《ふあん》だらけでスタートした、入《い》れ替《か》わりと男子校潜入《だんしこうせんにゅう》。

由仁《ゆに》と飛鳥《あすか》のおかげで、ハラハラ展開《てんかい》もどうにか乗《の》り越《こ》えられている。

ふたりと一緒《いっしょ》にいるとすごく楽《たの》しい。

ミッション終了《しゅうりょう》まであと一日《いちにち》。

いまは少《すこ》しだけ、まだこの時間《じかん》が続《つづ》けばいいのになって思《おも》った。

終《お》わっても残《のこ》った気持《きも》ち

「これで、補習《ほしゅう》は終《お》わりだ。けど期末《きまつ》テストもすぐ来《く》るから、勉強《べんきょう》の習慣《しゅうかん》をなくさないように。とりあえず、五日間《いつかかん》お疲《つか》れさま」

先生《せんせい》の言葉《ことば》で、すべての補習《ほしゅう》が終《お》わる。

みんな喜《よろこ》んで声《こえ》を上《あ》げているけど、わたしはホッとした気持《きも》ちが大《おお》きかった。

「橋本《はしもと》、お疲《つか》れ」

「うん。昴《すばる》もお疲《つか》れー。乗《の》り切《き》ったね！」

「おう。橋本《はしもと》のおかげでなんとかいけた。ありがとう」

「どういたしまして。役《やく》に立《た》てて良《よ》かった‼」

昴《すばる》にお礼《れい》を言《い》われて素直《すなお》に返《かえ》す。

わたしも、なんとか五日間《いつかかん》の男子校生活《だんしこうせいかつ》を乗《の》り切《き》れそうで良《よ》かった。

でも、最後《さいご》まで気《き》を抜《ぬ》かないようにしないとね……！

「橋本《はしもと》」

「莉斗《りと》〜、部屋《へや》に行《い》こう」

「あ、うん」

由仁《ゆに》と飛鳥《あすか》に呼《よ》ばれて立《た》ち上《あ》がり、そのままふたりと一緒《いっしょ》に部屋《へや》に戻《もど》った。

今日《きょう》は金曜日《きんようび》だから、家《いえ》に帰《かえ》ってもいい日《ひ》。

長《なが》いと思《おも》っていたけど、意外《いがい》にあっという間《ま》の五日間《いつかかん》だった。

「由仁《ゆに》、飛鳥《あすか》、ありがとう」

荷物《にもつ》をまとめ終《お》えてからふたりを見《み》る。

ふたりとはすぐに目《め》が合《あ》った。

「ふたりのおかげで、バレずにやり過《す》ごすことができたよ」

頭《あたま》を深《ふか》く下《さ》げる。

本当《ほんとう》にふたりがいなかったら、どうなっていたことか……。

それに、ふたりがそばにいてくれてすごく楽《たの》しかった。

不安《ふあん》だらけの男子校潜入《だんしこうせんにゅう》が、楽《たの》しい五日間《いつかかん》になるなんて想像《そうぞう》もしてなかったよ。

「李珠《りず》ちゃん、顔《かお》上《あ》げて」

飛鳥《あすか》がわたしの肩《かた》に手《て》を置《お》く。

その声《こえ》にうながされて顔《かお》を上《あ》げると、すごく笑顔《えがお》の飛鳥《あすか》と、優《やさ》しい顔《かお》をした由仁《ゆに》。

「そんな最後《さいご》みたいな感《かん》じ出《だ》さないでよ。連絡《れんらく》するから」

「え？」

「せっかく仲良《なかよ》くなれたのに、ここで全部《ぜんぶ》が終《お》わりってさみしいじゃん」

飛鳥《あすか》の言葉《ことば》に、心《こころ》がぎゅっとなる。

この五日間《いつかかん》が楽《たの》しくて、ふたりに会《あ》えなくなるのがさみしくなっていたんだ……。

飛鳥《あすか》から視線《しせん》を由仁《ゆに》に移《うつ》すと、優《やさ》しい顔《かお》のままうなずいてくれた。

「いつでも会《あ》えるだろ」

由仁《ゆに》の言葉《ことば》に嬉《うれ》しくなって、心臓《しんぞう》が大《おお》きくトクンと音《おと》を立《た》てた。

「うん!!」

大《おお》きくうなずけば、ふたりとも笑《わら》ってくれた。

荷物《にもつ》を持《も》って立《た》ち上《あ》がる。

ここに来《く》ることはもうない。

そう思《おも》うと少《すこ》し寂《さび》しさもあるけど、わたしはきっとこの五日間《いつかかん》をずっと忘《わす》れない。

「本当《ほんとう》にありがとう！　じゃあわたし、行《い》くね」

「見送《みおく》りするよ」

わたしが立《た》ち上《あ》がるとふたりも立《た》ち上《あ》がり、一緒《いっしょ》に部屋《へや》を出《で》た。

「あ、笠原《かさはら》いた。ちょっと来《き》てくれ」

部屋《へや》を出《で》てすぐに、寮長《りょうちょう》さんが飛鳥《あすか》に声《こえ》をかけた。

「あとで行《い》くんで～」

「いま、お前《まえ》の父親《ちちおや》と電話《でんわ》が繋《つな》がってるんだよ」

「ゲッ」

寮長《りょうちょう》さんの言葉《ことば》を聞《き》いて、あからさまにめんどくさそうな顔《かお》をする飛鳥《あすか》。

「お前《まえ》また家《いえ》からの連絡《れんらく》を無視《むし》してるんだろ。早《はや》く来《こ》い」

「折《お》り返《かえ》すから……」

「いますぐ!!」

「マジか……はぁ……」

寮長《りょうちょう》さんに急《せ》かされて、ため息《いき》をついた飛鳥《あすか》はわたしに体《からだ》を向《む》けた。

「じゃあね、莉斗《りと》。……今度《こんど》はずっと李珠《りず》ちゃんの姿《すがた》の時《とき》に会《あ》おうね」

「っ!?」

わたしの耳元《みみもと》に口《くち》を寄《よ》せてささやかれた言葉《ことば》に、びっくりして息《いき》が詰《つ》まった。

「またね〜」

手《て》をひらひらさせながら、飛鳥《あすか》は寮長《りょうちょう》さんと歩《ある》いていく。

飛鳥《あすか》はチャラいけど楽《たの》しくておもしろくて、わたしは仲良《なかよ》くなれてよかったって思《おも》う。

「行《い》くか」

飛鳥《あすか》に手《て》を振《ふ》り返《かえ》していると、由仁《ゆに》が声《こえ》をかけてくれた。

それに返事《へんじ》をしてから、一緒《いっしょ》に玄関《げんかん》に向《む》かって歩《ある》き出《だ》す。

「あれ？　昴《すばる》だ」

玄関《げんかん》の手前《てまえ》で、昴《すばる》の後《うし》ろ姿《すがた》を見《み》つけた。

昴《すばる》と会《あ》うのは今日《きょう》が最後《さいご》。

「昴《すばる》と話《はな》してきていい？」

「ちょっとだけな」

「すぐ戻《もど》る！」

由仁《ゆに》に許可《きょか》をとり、昴《すばる》の元《もと》へ。

「昴《すばる》!!」

「わっ、橋本《はしもと》か。びっくりさせんな」

「ごめんごめん。昴《すばる》を見《み》つけてつい」

「……なんだよ」

わたしの言葉《ことば》に、なぜか顔《かお》をふいっと逸《そ》らす昴《すばる》。

「もう一度《いちど》、お礼《れい》を言《い》っとこうと思《おも》って。俺《おれ》も昴《すばる》のおかげで補習《ほしゅう》を乗《の》り切《き》れたから」

「そうか」

「うん。ありがとう……ったー……」

いきなりわたしにデコピンをして、いたずらに笑《わら》う昴《すばる》。

「なに、永遠《えいえん》の別《わか》れみたいなこと言《い》ってんだ？」

「そんなつもりじゃ……」

「雰囲気《ふんいき》がそうだった」

昴《すばる》には本当《ほんとう》のことが言《い》えないけど、わたしたちはきっともう会《あ》えないから。

「あははっ！　補習《ほしゅう》が終《お》わって、全部《ぜんぶ》終《お》わった気《き》になってたわ〜」

なんだか急《きゅう》にさみしさが込《こ》み上《あ》げてくる。

「なんだそれ。これからだろうが」

「そうだね。……昴《すばる》ってさ、本当《ほんとう》は優《やさ》しいよね！」

「は？」

わたしの言葉《ことば》に、驚《おどろ》いたのか眉間《みけん》にしわを寄《よ》せた昴《すばる》。

「表情《ひょうじょう》も大《おお》きな声《こえ》出《だ》すのも最初《さいしょ》は怖《こわ》いって思《おも》ってたけど、全部《ぜんぶ》かん違《ちが》いだった」

「急《きゅう》になんだよ」

「いまは苦手《にがて》じゃない。友達《ともだち》になれて、出会《であ》えてよかったって話《はなし》！」

「……っ」

昴《すばる》が目《め》をパチパチさせ、不思議《ふしぎ》そうな表情《ひょうじょう》になる。

たしかに、急《きゅう》すぎたかな……？

でも、本当《ほんとう》のことは言《い》えないけど、気持《きも》ちだけは伝《つた》えたかったから。

「橋本《はしもと》……」

名前《なまえ》を呼《よ》ばれ昴《すばる》を見《み》ると、真剣《しんけん》な表情《ひょうじょう》をしていた。

「昴《すばる》？」

今度《こんど》はわたしが名前《なまえ》を呼《よ》ぶと、ハッとしたような顔《かお》になった。

「えと、髪《かみ》にゴミついてる」

「ほんと？　どこ？」

自分《じぶん》で取《と》ろうと触《さわ》っていると、昴《すばる》が手《て》を伸《の》ばしてきた。

「橋本《はしもと》、時間《じかん》」

だけど昴《すばる》の手《て》が触《ふ》れる前《まえ》に、由仁《ゆに》が来《き》てわたしの手首《てくび》をつかんで後《うし》ろへ引《ひ》っ張《ぱ》った。

その時《とき》見《み》えた昴《すばる》の顔《かお》は、なぜかほんのりと赤《あか》くなっていた。

「橋本《はしもと》、行《い》くぞ」

「あ、うん。じゃあね、昴《すばる》」

昴《すばる》のことが少《すこ》し気《き》になったけど、手《て》を振《ふ》ってから由仁《ゆに》と一緒《いっしょ》にこの場《ば》を離《はな》れる。

でも、由仁《ゆに》はなんだか不機嫌《ふきげん》そうに見《み》える……。

昴《すばる》と最後《さいご》に話《はな》せてよかった……！

「由仁《ゆに》、ごめんね。待《ま》たせちゃったよね」

「……いい。行《い》くぞ」

「あ、うん。由仁《ゆに》も本当《ほんとう》にありがとう。じゃあ……」

「今日《きょう》は俺《おれ》も家《いえ》に帰《かえ》る。だから一緒《いっしょ》に出《で》るぞ。送《おく》ってく」

「え……」

「嫌《いや》か？」

「ううん。一緒《いっしょ》に行《い》こう！」

まだ由仁《ゆに》と一緒《いっしょ》にいられるとわかって、うれしくて笑顔《えがお》になる。

そんなわたしを見《み》ると、由仁《ゆに》も笑《わら》ってくれた。

玄関《げんかん》で一緒《いっしょ》に帰宅《きたく》の手続《てつづ》きをして、ふたりで寮《りょう》を出《で》る。

「ふぅ……終《お》わったんだね」

「そうだな」

「あの、着替《きが》えてきてもいい？　この格好《かっこう》で外《そと》はさすがに恥《は》ずかしくて……」

「わかった」

学校《がっこう》から少《すこ》し離《はな》れたところで、ちょうど公園《こうえん》を見《み》つけた。

だからそこの多目的《たもくてき》トイレに入《はい》り、急《いそ》いで莉斗《りと》の格好《かっこう》から李珠《りず》に戻《もど》る。

「やっと戻《もど》れた！　開放感《かいほうかん》～!!」

大《おお》きく伸《の》びをするわたしを見《み》て、由仁《ゆに》がまた笑《わら》ってくれた。

その笑顔《えがお》に思《おも》わずドキッとしてしまう。

「髪《かみ》、きれいだな。やっぱ隠《かく》すのもったいない」

「っ……ありがとう」

わたしの髪《かみ》の先《さき》に触《ふ》れる由仁《ゆに》。

李珠《りず》の姿《すがた》で由仁《ゆに》の隣《となり》を歩《ある》くのは、なんか変《へん》な感《かん》じ……。

「帰《かえ》るか。家《いえ》まで送《おく》る」

「うん。でも、由仁《ゆに》はわたしの家《いえ》と近《ちか》いの？」

「そこまで遠《とお》くないから気《き》にするな。李珠《りず》を送《おく》ったら迎《むか》え呼《よ》ぶし」

「お父《とう》さんかお母《かあ》さん？」

「いや、使用人《しようにん》」

し、使用人《しようにん》!?　さすがお金持《かねも》ち……!!

聞《き》き慣《な》れない単語《たんご》にびっくりするけど、由仁《ゆに》にとったら日常《にちじょう》なんだろうな。

急《きゅう》に距離《きょり》を感《かん》じちゃったよ……。

「李珠《りず》？」

「あ、なんでもない。大丈夫《だいじょうぶ》ならいいんだ」

「ん」

短《みじか》く返事《へんじ》をした由仁《ゆに》と、駅《えき》までの道《みち》を歩《ある》き出《だ》す。

その背中《せなか》を見《み》ていると、なんだか少《すこ》し胸《むね》がぎゅっとなった。

「李珠《りず》」

立《た》ち止《ど》まったままのわたしに気《き》づいて、由仁《ゆに》が振《ふ》り返《かえ》る。

学校《がっこう》にいる時《とき》は莉斗《りと》だったから、苗字《みょうじ》で呼《よ》ばれていた。

だけど、いまはずっと〝李珠《りず》〟ってわたしの名前《なまえ》を呼《よ》んでくれる。

それがうれしくて、耳《みみ》に心地《ここち》よくて、もっと聞《き》きたくなってしまう。

少《すこ》しでも長《なが》く、由仁《ゆに》と一緒《いっしょ》にいたくなってしまう……。

「ね、由仁《ゆに》」

「ん？」

「由仁《ゆに》にすごく感謝《かんしゃ》してるから何《なに》かお礼《れい》がしたい！　欲《ほ》しいものとかない？」

「欲《ほ》しいもの……」

「あ、高価《こうか》なものは難《むずか》しいけど！　それかわたしにできることとか」

「できること……」

由仁《ゆに》が少《すこ》し考《かんが》えるような表情《ひょうじょう》になる。

「李珠《りず》、いまから時間《じかん》ある？」

「え？　うん、あるけど……」

「じゃ、寄《よ》り道《みち》に付《つ》き合《あ》って」

「寄《よ》り道《みち》？」

「うん。李珠《りず》の住《す》んでるところを案内《あんない》して」

由仁《ゆに》の言葉《ことば》にうれしくなって、すぐに大《おお》きくうなずいた。

「任《まか》せて!!」

「うん。よろしく」

頬《ほお》がゆるむのを抑《おさ》えられない。

まだ一緒《いっしょ》にいられることが、すごくすごくうれしい……!!

「行《い》こうっ」

「いきなり走《はし》るなよ」

走《はし》り出《だ》したわたしに呆《あき》れながらも、由仁《ゆに》はついて来《き》てくれる。

それにまた、うれしくなった。

「ここが最寄《もよ》り駅《えき》。この道《みち》を真《ま》っ直《す》ぐ行《い》ったら、わたしがよく食《た》べるソフトクリームがあるから一緒《いっしょ》に食《た》べよ」

「うん」

由仁《ゆに》に道案内《みちあんない》をしながら、ソフトクリーム屋《や》さんの前《まえ》に行《い》く。

「味《あじ》を三《みっ》つまで選《えら》べるんだよ？　それなのに値段《ねだん》も一緒《いっしょ》なんだっ！」

「へえ」

「お礼《れい》だからわたしにおごらせて！　何《なに》がいい？」

「李珠《りず》のおすすめは？」

由仁《ゆに》がフレーバーの書《か》かれたプレートを眺《なが》めながらたずねてくる。

「わたしはバニラといちごにカラースプレーかな!!」

「じゃあそれで」

「え？　わたしの好《この》みでいいの？」

「うん。李珠《りず》がいつも食《た》べてるのを食《た》べたい。一緒《いっしょ》に食《た》べよ」

わたしの顔《かお》をのぞき込《こ》む由仁《ゆに》に、心臓《しんぞう》が飛《と》び出《だ》しちゃうかと思《おも》った。

ひとつのアイスを一緒《いっしょ》に食《た》べるって、マンガで読《よ》んだカップルみたい……。

「うん、いいよ！　じゃ、頼《たの》んでくるね!!　由仁《ゆに》はベンチ確保《かくほ》しといて」

「りょーかい」

顔《かお》が熱《あつ》くなるのを感《かん》じながら、いつものように注文《ちゅうもん》をする。

スプーンをふたつお願《ねが》いする時《とき》には、なんだか照《て》れてしまった。

「お待《ま》たせ」

「大《おお》きいな」

「でしょー？」

ソフトクリームを見《み》ていい反応《はんのう》をしてくれる由仁《ゆに》に、にっこりしてしまう。

そして由仁《ゆに》の隣《となり》に座《すわ》り、ひとつのソフトクリームをふたりで食《た》べる。

「おいしい〜」

「いい顔《かお》するな」

「だって最高《さいこう》だよ！　由仁《ゆに》も食《た》べて」

「ん。うまい」

「ね？　安《やす》くて大《おお》きいから、学生《がくせい》の味方《みかた》なんだよ」

って、由仁《ゆに》はお金持《かねも》ちだから、こんなのいくらでも食《た》べれるのか。

なんだかソフトクリームくらいでいばっちゃって、少《すこ》し恥《は》ずかしいな……。

「いいな。こういうの」

「え？」

「放課後《ほうかご》、こうやって何《なに》かを買《か》って食《た》べたり寄《よ》り道《みち》したり。初《はじ》めてした」

「ほんとに？」

「うん。寮暮《りょうぐ》らしだし、そういう友達《ともだち》もいないからな」

たしかに学校《がっこう》の敷地内《しきちない》に寮《りょう》があるから、放課後《ほうかご》に遊《あそ》びに行《い》くとかできないよね。

それに、学校《がっこう》で由仁《ゆに》がわたし以外《いがい》の人《ひと》といるのは見《み》なかった。

周《まわ》りからも、一目置《いちもくお》かれているような感《かん》じだったし。

「まぁ誰《だれ》かと一緒《いっしょ》にいたいと思《おも》ったこともないけど」

「そ、うなんだね」

「**ん。李珠《りず》とだから寄《よ》り道《みち》したくなった**」

「っ……」

大《おお》きなソフトクリーム越《ご》しに、由仁《ゆに》のやわらかい表情《ひょうじょう》が見《み》えて心臓《しんぞう》が跳《は》ねる。

「わたしも、誘《さそ》ってもらえてうれしかった」

「そ。よかった」

……どうしよう。

大好《だいす》きなソフトクリームなのに、味《あじ》がわからなくなる。

目《め》の前《まえ》の由仁《ゆに》でいっぱいになって、それ以外《いがい》の情報《じょうほう》が入《はい》ってこないよ……。

「じゃ、行《い》くか。他《ほか》にも李珠《りず》のよく行《い》く場所《ばしょ》や思《おも》い出《で》の場所《ばしょ》を教《おし》えて」

「うんっ!!」

わたしのことを知《し》ろうとしてくれてるみたいで、うれしくなる。

由仁《ゆに》と一緒《いっしょ》に見慣《みな》れた風景《ふうけい》を歩《ある》くのは、すごく不思議《ふしぎ》な気分《きぶん》。

わたしが通《かよ》ってた小学校《しょうがっこう》や幼稚園《ようちえん》、よく行《い》く公園《こうえん》や駄菓子屋《だがしや》を案内《あんない》した。

さすがにいま通《かよ》っている中学校《ちゅうがっこう》には行《い》けなかったけど、また知《し》ってほしいな。

「長《なが》い時間《じかん》ありがとう。すっごく楽《たの》しかった！」

「俺《おれ》も」

由仁《ゆに》とたくさんの場所《ばしょ》を回《まわ》って、いっぱい話《はな》した。

まだ知《し》り合《あ》って数日《すうじつ》なのに、こんなに心《こころ》を開《ひら》いて話《はな》せたのは由仁《ゆに》の人柄《ひとがら》のおかげだね。

家《いえ》の前《まえ》に着《つ》いたけど、なんだかまだ帰《かえ》りたくない。

どうしてこんな気持《きも》ちになるんだろう……？

「李珠《りず》」

もうバイバイだと思《おも》うと、さみしくてうつむいてしまった。

けど由仁《ゆに》がわたしの名前《なまえ》を呼《よ》ぶから、ゆっくりと顔《かお》を上《あ》げる。

まっすぐで優《やさ》しい瞳《ひとみ》がわたしに向《む》けられていた。

「またな」

「っ、またね」

わたしの言葉《ことば》を聞《き》いたあとに、由仁《ゆに》はそっと手《て》を伸《の》ばす。

そして、わたしの頭《あたま》を大《おお》きな手《て》でポンポンとしてくれた。

それから由仁《ゆに》は、わたしに背《せ》を向《む》けて歩《ある》き出《だ》す。

その背中《せなか》を、見《み》えなくなるまで見送《みおく》った。

「李珠《りず》～、マジ感謝《かんしゃ》。すげー助《たす》かったわ」

夜《よる》、自分《じぶん》の部屋《へや》のベッドでゴロゴロしていると、ノックもせずに莉斗《りと》が入《はい》ってくる。

「ほい、例《れい》のブツ」

「あ、うん。ありがとう」

「あれ？　喜《よろこ》ばねーの？」

「え……あ、すっごいうれしいよ!!　このためにがんばったんだもん!!」

「ふーん」

莉斗《りと》がなんとも言《い》えない顔《かお》で見《み》てくる。

「まぁいいや。李珠《りず》の学校《がっこう》、超楽《ちょうたの》しかった!!」

「そうだ。変《へん》なことしてないよね!?　バレてない!?」

「バレてねーよ。変《へん》なこともしてねー。李珠《りず》のほうこそ、飛鳥《あすか》にバレたんだろ？」

「うっ……」

莉斗《りと》に言《い》い返《かえ》せなくて言葉《ことば》が詰《つ》まる。

「なんで入《い》れ替《か》わることを教《おし》えてくれなかったんだって、怒《いか》りの鬼《おに》メッセージがきてた」

「ええ……」

「まぁ飛鳥《あすか》はするどいからな。それに、女子《じょし》にも慣《な》れてるから仕方《しかた》ねぇよ」

「やっぱりそうなんだね。でも言《い》わないでくれたよ」

「そういうのおもしろがるタイプだからな」

さすが莉斗《りと》。本当《ほんとう》に飛鳥《あすか》のことをよくわかっている。

「あ、あと由仁《ゆに》にもバレちゃって……」

「マジ!?　由仁《ゆに》ってちゃんと俺《おれ》に興味《きょうみ》あったんだ」

「なんでそうなるのよ」

「いや、見《み》てないと思《おも》ってたから。俺《おれ》のこと避《さ》けるしノリ悪《わる》いし、よく嫌《いや》な顔《かお》されるし」

由仁《ゆに》と初《はじ》めて会《あ》った時《とき》のことを思《おも》い出《だ》して苦笑《にがわら》い。

莉斗《りと》がいろいろめちゃくちゃだから、嫌《いや》な顔《かお》もするよね……。

「秒《びょう》でバレたよ。橋本《はしもと》はもっとうるさいってさ。莉斗《りと》って学校《がっこう》でどう過《す》ごしてるの？」

「普通《ふつう》だって。まぁ、由仁《ゆに》も言《い》いふらすようなやつじゃないだろ？」

「うん。黙《だま》っててくれたし、いろいろ助《たす》けてくれた」

「じゃ、よかったな。それで、李珠《りず》はどうだった？」

それから莉斗《りと》と、お互《たが》いの学校《がっこう》でのことを話《はな》した。

けどこの五日間《いつかかん》の疲《つか》れからか、話《はな》している途中《とちゅう》に眠《ねむ》っていた。
目《め》が覚《さ》めた時《とき》に、見慣《みな》れた自分《じぶん》の部屋《へや》でホッとする。
だけど頭《あたま》の中《なか》には、昨日《きのう》まで一緒《いっしょ》にいた由仁《ゆに》のことばかり浮《う》かんでいた。

再会《さいかい》はすぐに

休《やす》み明《あ》け、わたしの通《かよ》う中学校《ちゅうがっこう》へ行《い》く。

先週《せんしゅう》、莉斗《りと》の通《かよ》う男子校《だんしこう》へ行《い》っていたのが遠《とお》い昔《むかし》に感《かん》じちゃう。

そのせいか、自分《じぶん》の通《かよ》う中学校《ちゅうがっこう》へ行《い》くのもすごく久《ひさ》しぶりな感《かん》じでドキドキ……。

「あ、李珠《りず》ちゃんじゃん。おっはー」

「マジだ。李珠《りず》ちゃーん」

校門《こうもん》を通《とお》ると知《し》らない声《こえ》に呼《よ》ばれて、キョロキョロとする。

だけど、わたしを呼《よ》んだ人物《じんぶつ》は見当《みあ》たらない。

「李珠《りず》ちゃん、こっち」

「上《うえ》だよ上《うえ》」

上《うえ》……？

声《こえ》を頼《たよ》りに顔《かお》を上《あ》げると、三年生《さんねんせい》の教室《きょうしつ》から手《て》を振《ふ》っている男子生徒《だんしせいと》たち。

知《し》り合《あ》い、じゃないのにわたしの名前《なまえ》を知《し》っているのはなんで……。

「また遊《あそ》ぼうね～」

「え、えっ……」

意味《いみ》がわからないけど、とりあえずペコっと頭《あたま》を下《さ》げてから歩《ある》き出《だ》す。

「あ、橋本先輩《はしもとせんぱい》。おはようございます！」

「え？　あ、おはよ……」

昇降口《しょうこうぐち》で靴《くつ》を履《は》き替《か》えていると、初《はじ》めて見《み》る後輩《こうはい》の女《おんな》の子《こ》に挨拶《あいさつ》をされて戸惑《とまど》う。

「この前《まえ》はありがとうございました」

「この前《まえ》……あ、うん。どういたしまして……」

「また話《はなし》を聞《き》いてください」

「わ、わかった。じゃあね」

後輩《こうはい》の女《おんな》の子《こ》には悪《わる》いけど、逃《に》げるようにその場《ば》を去《さ》る。

どういうこと⁉　さっきから、面識《めんしき》ない人《ひと》に声《こえ》をかけられる。

もしかして……。

「あ、李珠《りず》きたよ」

「**あれ？　今日《きょう》は一発芸《いっぱつげい》しないの？**」

「何《なに》それっ⁉」

クラスメイトの言葉《ことば》に、びっくりして大《おお》きな声《こえ》が出《で》る。

「えー、先週毎朝《せんしゅうまいあさ》やってたじゃん」

莉斗《りと》ぉ……‼

思《おも》わず叫《さけ》びそうになるのを必死《ひっし》で抑《おさ》える。

「あはは～、マイブーム過《す》ぎ去《さ》ったよ」

「えー、そうなんだ。最初《さいしょ》はびっくりしたけど、あれはあれでおもしろかったよ」

「李珠《りず》ちゃんの新《あたら》しい一面《いちめん》だったよね」

莉斗《りと》はいったい、どんなことをしたの……！

考《かんが》えるだけで怖《こわ》くなっていると、今度《こんど》は男子《だんし》がわたしを囲《かこ》うように集《あつ》まってきた。

「橋本《はしもと》、今日《きょう》の放課後《ほうかご》あいてる⁉」

「土日《どにち》で特訓《とっくん》してきたから、勝負《しょうぶ》しようぜ」

「先週《せんしゅう》、先輩《せんぱい》に勝《か》ってたのやばかったよな」

「あれは激《げき》アツすぎた」

全方向《ぜんほうこう》から知《し》らない話《はなし》をされて、頭《あたま》がパンクしそう……。

「あっ、えと……今日《きょう》は予定《よてい》あるからごめん！」

とりあえず頭《あたま》を下《さ》げて、逃《に》げるように自分《じぶん》の席《せき》へ。

「今日《きょう》やりたかったな」

「マジで橋本《はしもと》があんなにゲーム強《つよ》いって知《し》らなかったわ」

後《うし》ろからそんな声《こえ》が届《とど》く。

……莉斗《りと》ってば、けっこうやらかしてない⁉

たった五日《いつか》で、わたしの交友関係《こうゆうかんけい》を変《か》えすぎだよっ‼

無駄《むだ》にコミュ力《りょく》高《たか》いんだから‼

それに、完全《かんぜん》にわたしがやらないようなことをやって目立《めだ》ってるじゃん……っ‼

「はぁ……」

「李珠《りず》、おはよう。なんか騒《さわ》がれてない？」

机《つくえ》に突《つ》っ伏《ぷ》して深《ふか》く息《いき》を吐《は》くと、声《こえ》をかけられたから顔《かお》を上《あ》げる。

そこには、いちばん仲良《なかい》い友達《ともだち》の宇田日南《うだひなみ》ちゃんがいた。

わたしはひなちゃんって呼《よ》んでいる。

ショートカットが似合《にあ》う美人《びじん》さん。お姉《ねえ》さん的存在《てきそんざい》で、すごく頼《たよ》りになるんだ。

「ひなちゃん、おはよう。なんでこんなことになってるの～？」

「私《わたし》は知《し》らないよ。先週《せんしゅう》、風邪《かぜ》をこじらせて休《やす》んでたから」

「え？　大丈夫《だいじょうぶ》？」

「もう大丈夫《だいじょうぶ》だよ。それより、自分《じぶん》のことなのになんでわかんないの？」

「じつはね……」

ひなちゃんは信用《しんよう》できるから、先週《せんしゅう》だけふたごの弟《おとうと》と入《い》れ替《か》わってお互《たが》いの中学《ちゅうがっ》校《こう》に通《かよ》ったことを伝《つた》える。

「えぇ⁉　なんで言《い》ってくれなかったの⁉」

「急《きゅう》すぎて、そこまで頭《あたま》が回《まわ》らなかったんだよ……」

「せめて私《わたし》がいたら、いろいろと助《たす》けられ

たのに。体調《たいちょう》を崩《くず》さなければ……」

周《まわ》りのわたしに対《たい》する態度《たいど》で、ひなちゃんもなんとなく察《さっ》したらしい。

ほんと、莉斗《りと》はとんでもないことをしてくれた……。

「**李珠《りず》ちゃん、先週《せんしゅう》貸《か》したゲームソフト持《も》ってきた？**」

「……え？」

ひなちゃんと話《はな》していると、また知《し》らない話《はなし》をされて戸惑《とまど》う。

ゲームソフトのことなんて聞《き》いてない……。

莉斗《りと》、もしかして借《か》りパクしようとしてる……？

「ご、ごめん。忘《わす》れちゃった……」

「あれ、兄《あに》のやつで、貸《か》したのがバレてやばいんだよね」

「えっと、来週《らいしゅう》じゃだめかな……？」

莉斗《りと》は、今週《こんしゅう》は家《いえ》に帰《かえ》って来《こ》られない。

この感《かん》じ、寮《りょう》に持《も》っていってそうだから来週《らいしゅう》じゃないと……。

「マジでやばいから、明日《あした》ぜったい持《も》って来《き》て欲《ほ》しい」

その子《こ》が震《ふる》えてたから、本当《ほんとう》にやばいんだなって思《おも》った。

「わ、わかった」

わたしは、そう返事《へんじ》することしかできなかった。

「ちょっと弟《おとうと》に電話《でんわ》で確認《かくにん》してくるね！」

「おっけー」

ひなちゃんに声《こえ》をかけてから、教室《きょうしつ》を出《で》てひと気《け》のない場所《ばしょ》へ移動《いどう》する。

近《ちか》くに誰《だれ》もいないことを確認《かくにん》してから、スマホで莉斗《りと》に電話《でんわ》をかけた。

数《すう》コールのあと、通話《つうわ》がつながる。

『お、李珠《りず》？　どうしたー？』

『え？　李珠《りず》ちゃん？　やっほー、オレのことわかる？』

『おい、スマホとんなって』

『今日学校《きょうがっこう》に来《き》たら莉斗《りと》で悲《かな》しかったよ』

『俺《おれ》の身内《みうち》を口説《くど》くな。だから飛鳥《あすか》には、李珠《りず》のこと言《い》いたくなかったんだよ』

『わざと隠《かく》してたってことね。まぁかわいいから隠《かく》したくもなるか』

『は？　俺《おれ》の周《まわ》りでゴタゴタすんのやめてほしーだけ』

『オレが李珠《りず》ちゃんと結婚《けっこん》したら、莉斗《りと》は義弟《おとうと》だもんな』

『うわ、それだけは無理《むり》だわ』

近《ちか》くに飛鳥《あすか》がいるのか、ふたりだけで会話《かいわ》を進《すす》めている。

なんかいろいろツッコみたいことがあるけど、いまはグッとこらえた。

「莉斗《りと》、先週《せんしゅう》クラスの子《こ》から借《か》りたゲームソフトどこにある？」

『あー、寮《りょう》に持《も》ってきてるわ』

「はぁ……明日《あした》、ぜったいに返《かえ》さないといけないから」

『いや無理《むり》だって。李珠《りず》もここに来《き》てわかっただろ？』

「それはそうだけど、そこをなんとか……」

『わかった。じゃあ、李珠《りず》が取《と》りに来《き》てくれ』

「はい!?」

莉斗《りと》の言葉《ことば》に自分《じぶん》の耳《みみ》を疑《うたが》った。

だけど、聞《き》きまちがいではないようで……。

『寮《りょう》の裏口《うらぐち》のほうのフェンスに穴《あな》があるんだけど、たぶん李珠《りず》なら通《とお》れる』

「無理《むり》だって!!」

『いけるいける。じゃあ放課後《ほうかご》、寮《りょう》の裏口《うらぐち》に来《こ》いよ。夕食《ゆうしょく》の前《まえ》までには絶対《ぜったい》な』

行《い》くなんて、わたし一言《ひとこと》も言《い》ってないんだけど……！

『待《ま》って、オレも李珠《りず》ちゃんと……』

『飛鳥《あすか》は李珠《りず》に手《て》を出《だ》すなって。じゃあな、李珠《りず》』

そこで一方的《いっぽうてき》に通話《つうわ》を切《き》られた。

さ、最悪《さいあく》だ……。なんでわたしが行《い》かなきゃいけないの？

でもここで行《い》かなかったら、クラスメイトに迷惑《めいわく》をかけちゃう。

ただでさえ、莉斗《りと》にたった五日《いつか》で交友関係《こうゆうかんけい》を変《か》えられちゃったんだ。

こんなことで、わたしが築《きず》いてきたものを壊《こわ》されるわけにはいかない。

わたしは覚悟《かくご》を決《き》めるしかなかった。


自分《じぶん》の学校《がっこう》が終《お》わると、急《いそ》いで莉斗《りと》がいる寮《りょう》の裏口《うらぐち》に来《き》た。

学校《がっこう》から直接《ちょくせつ》来《き》たから、変装《へんそう》もできてないし制服《せいふく》のまま。

だからここで莉斗《りと》から受《う》け取《と》って、帰《かえ》ればいいよね……？

なのに、何度《なんど》かけても莉斗《りと》と電話《でんわ》がつながらないっ!!

「莉斗《りと》のあほ……」

つぶやいたところで、どうにもならない。

どうしよう……ここにずっといるのも怪《あや》しまれるだろうし……。

そこでハッとして、ドキドキしながらスマホを操作《そうさ》して耳《みみ》に当《あ》てた。

『……李珠《りず》？』

「あ、由仁《ゆに》。よかった、出《で》てくれて……」

『うん、どうした？』

「莉斗《りと》に用事《ようじ》があっていま寮《りょう》の裏口《うらぐち》にいるんだけど、電話《でんわ》がつながらなくて……」

『あー、部屋《へや》には戻《もど》って来《き》てないな』

「ええ!?　あ、ごめん。おっきい声出《こえだ》しちゃって」

莉斗《りと》が呼《よ》んだのにいないって、本当《ほんとう》にどういうことなの～っ!!

むっとしながらも、頭《あたま》をフル回転《かいてん》。

『いや、大丈夫《だいじょうぶ》。李珠《りず》はどうする？』

「どうしよう……飛鳥《あすか》と一緒《いっしょ》かな？　いちおう飛鳥《あすか》に電話《でんわ》をかけて……」

『……俺《おれ》が裏口《うらぐち》まで迎《むか》えに行《い》く。待《ま》ってて』

「へ？」

飛鳥《あすか》に電話《でんわ》をかけてみようと思《おも》ったのに、由仁《ゆに》の突然《とつぜん》の提案《ていあん》。

びっくりして間抜《まぬ》けな声《こえ》が出《で》た。

「あ、でもわたし、変装《へんそう》も何《なに》もしてなくて」

『わかった』

「制服《せいふく》のままだし」

『りょーかい』

ほ、ほんとにわかってるの⁉

ドアの閉《し》まる音《おと》がスマホ越《ご》しに聞《き》こえる。

やっぱり由仁《ゆに》は、ここに向《む》かってるよね……？

「着《つ》いた」

すぐに聞《き》こえたその声《こえ》が、スマホからの声《こえ》と重《かさ》なった。

しゃがんで姿《すがた》を隠《かく》していたけど、立《た》ち上《あ》がって見上《みあ》げる。

「由仁《ゆに》」

「**また会《あ》えたな**」

わたしを見下《みお》ろす由仁《ゆに》の表情《ひょうじょう》が、やわらかく笑《わら》っているように感《かん》じる。

「じゃあ、上《あ》がってきて」

「え？」

「ここの隙間《すきま》を通《とお》る予定《よてい》なんだろ？」

「さ、さすがに無理《むり》なんじゃ……」

「俺《おれ》が引《ひ》き上《あ》げるから」

由仁《ゆに》がフェンスの隙間《すきま》から手《て》を出《だ》す。

わたしの身長《しんちょう》よりも少《すこ》し高《たか》い塀《へい》の上《うえ》に、さらにフェンスがある。

本当《ほんとう》にここを上《のぼ》れと……？

「ほら早《はや》く」

覚悟《かくご》は、決《き》めてきた……やるしかない！

「重《おも》いよ？」

「いいから来《こ》いって」

由仁《ゆに》の言葉《ことば》にドキッと心臓《しんぞう》が高鳴《たかな》った。

ゆっくりと手《て》を伸《の》ばし、由仁《ゆに》の手《て》を握《にぎ》る。

由仁《ゆに》もわたしの手《て》をしっかりと握《にぎ》ってくれて、そのまま引《ひ》っ張《ぱ》り上《あ》げられる。

「わっ……」

由仁《ゆに》の力《ちから》を借《か》りて、なんとか塀《へい》を上《のぼ》ることができた。

あとはフェンスの隙間《すきま》を通《とお》るだけ。

本当《ほんとう》にギリギリわたしが通《とお》れるくらいの大《おお》きさだった。

「ははっ、こんなに早《はや》く会《あ》えるなんてな」

わたしを見《み》て由仁《ゆに》が笑《わら》ってる。

思《おも》ったよりも無邪気《むじゃき》に笑《わら》うから、心臓《しんぞう》が大《おお》きく音《おと》を立《た》てた。

「……わたしも、同《おな》じこと思《おも》ったよ」

「そっか」

由仁《ゆに》がわたしに手《て》を伸《の》ばし、頬《ほお》に触《ふ》れた。

急《きゅう》に触《ふ》れられて、そこに熱《ねつ》が集中《しゅうちゅう》する。

「汚《よご》れてた。ほんと、むちゃくちゃだな」

「……協力《きょうりょく》してくれたじゃん」

「そうだな。最後《さいご》まで協力《きょうりょく》する。ちょっと我慢《がまん》してろ」

「え……」

「ぜったい声《こえ》出《だ》すなよ」

そう言《い》うと、由仁《ゆに》は持《も》って来《き》ていたらしい毛布《もうふ》にわたしをくるんで隠《かく》す。

そのままわたしを持《も》ち上《あ》げて、歩《ある》き出《だ》した。

こ、こんなのぜったいに目立《めだ》つよ……!!

「榛名《はるな》、何《なに》を持《も》ってるんだ？」

「橋本《はしもと》捕《つか》まえた。部屋《へや》を散《ち》らかして逃《に》げたから掃除《そうじ》させる」

「同室《どうしつ》マジで大変《たいへん》だな」

「しっかり捕《つか》まえないと逃《に》げるからな、莉斗《りと》は」

部屋《へや》に向《む》かっている途中《とちゅう》、さすがの由仁《ゆに》でも声《こえ》をかけられていた。

でもみんな、なぜか納得《なっとく》していて怪《あや》しまれなかった。

「着《つ》いたぞ」

その言葉《ことば》と同時《どうじ》に毛布《もうふ》が取《と》られる。

「ありがとう。ちょっと複雑《ふくざつ》だけど」

「ん？」

「いや、なんでもない。また助《たす》けられちゃったね。それに重《おも》いのに……」

「よゆーだから気《き》にすんな」

「先週《せんしゅう》からたくさん迷惑《めいわく》かけてごめんね。すぐ見《み》つけて、すぐ帰《かえ》るから」

由仁《ゆに》にお礼《れい》と謝罪《しゃざい》の言葉《ことば》を伝《つた》えてから、莉斗《りと》の荷物《にもつ》をあさる。

けど、なかなか見《み》つからない。

「持《も》ってきたって言《い》ってたんだけど……」

「由仁《ゆに》～、三人《さんにん》でカードゲームしようぜ～……って、李珠《りず》いるじゃん！」

見《み》つからなくてあせっていると、勢《いきお》いよくドアが開《ひら》かれテンションの高《たか》い莉斗《りと》の声《こえ》。

「あ、莉斗《りと》!!　電話《でんわ》にも出《で》ないで何《なに》してたの!!　しかものんきにカードゲームって!!」

莉斗《りと》が部屋《へや》に入《はい》ってきた瞬間《しゅんかん》に詰《つ》め寄《よ》る。

「ごめんごめん。ま、落《お》ち着《つ》けって」

必死《ひっし》になってここまで来《き》たのに、ぜったいにわたしが来《く》ること忘《わす》れてたじゃん。

「李珠《りず》ちゃん、また会《あ》えてうれしいよ。朝《あさ》は莉斗《りと》に邪魔《じゃま》されて話《はな》せなかったもんね」

莉斗《りと》の後《うし》ろから飛鳥《あすか》も入《はい》ってきて、わたしに話《はな》しかけてきた。

「あ、いや、えっと……」

いまは莉斗《りと》への怒《いか》りでいっぱいだったから、反応《はんのう》に困《こま》っちゃう。

どう返《かえ》せば……ううん、それよりも莉斗《りと》に早《はや》くゲームソフトを返《かえ》してもらわないと。

「莉斗《りと》、ゲームソフトないんだけど」

「マジ？　あ、わり。このカバンに入《はい》ってたわ。ほれ」

「わ、ちょっ……人《ひと》からの借《か》り物《もの》を投《な》げるとかサイテー!!」

「落《お》とさんかったらよくね？」

「よくない！」

ほんと莉斗《りと》ってめちゃくちゃすぎるよ……。

「それより、どうやって入《はい》ってきたんだ？」

「莉斗《りと》が言《い》ってた裏口《うらぐち》のフェンスの隙間《すきま》から。由仁《ゆに》に手伝《てつだ》ってもらってやっとだったよ」

「おー、マジ？　由仁《ゆに》、悪《わる》かったな。うちの姉《あね》が」

「誰《だれ》のせいだと……っ!!」

莉斗《りと》のマイペース加減《かげん》に、さすがのわたしもイライラしてくる。

そんなわたしの肩《かた》を、飛鳥《あすか》がポンと叩《たた》く。

「ま、せっかく来《き》たんだからゆっくり座《すわ》って話《はな》そうよ」

「え、いや、帰《かえ》らないと……」

「まだいいじゃん。由仁《ゆに》はどう思《おも》う？」

なぜか飛鳥《あすか》が由仁《ゆに》に話《はなし》を振《ふ》るから、ドキッとしてわたしも由仁《ゆに》を見《み》た。

「……まぁ、ゆっくりしてけば」

わたしと目《め》を合《あ》わせるけど、すぐに逸《そ》らされる。

でも『ゆっくりしてけば』って……。

「ほら、由仁《ゆに》もこう言《い》ってるし」

「じゃあ、もう少《すこ》しだけ……」

由仁《ゆに》にいていいって言《い》ってもらえると、すごくうれしい……。

みんなでローテーブルを囲《かこ》うように座《すわ》る。

「ふたごがそろったー」

ニコニコした飛鳥《あすか》が、わたしをじっと見《み》つめてくる。

「李珠《りず》しか見《み》てねーじゃん。マジで頼《たの》むから、李珠《りず》には手《て》を出《だ》すなよ」

「えー、やだな。李珠《りず》ちゃんかわいいし」

「言《い》っただろ。親友《しんゆう》が身内《みうち》とゴタゴタするの嫌《いや》だって。それに、李珠《りず》はおっかねーよ」

目《め》を細《ほそ》めてわたしを見《み》る莉斗《りと》に、プッチンってくる。

「誰《だれ》のせいよ！　あと今日《きょう》、学校《がっこう》に行《い》ったら交友関係《こうゆうかんけい》が勝手《かって》に広《ひろ》がってたんだけど⁉」

「久《ひさ》しぶりにゲーセン行《い》ったら先輩《せんぱい》にからまれたんだよ。んで、仲良《なかよ》くなっといた」

「わたしの格好《かっこう》で行《い》かないでよ！」

「俺《おれ》が二人《ふたり》いたら変《へん》だろ。それにしてもあの男《おとこ》の先輩《せんぱい》、ぜったい俺《おれ》に惚《ほ》れてたな」

「はあぁ……」

ほんと、会話《かいわ》が成《な》り立《た》たない。

莉斗《りと》のこの自由《じゆう》すぎる性格《せいかく》は、もうちょっと落《お》ち着《つ》けたほうがいいと思《おも》うよ。

「李珠《りず》ちゃんが怒《おこ》ってる。かわいい～」

飛鳥《あすか》は相変《あいか》わらず、ニコニコした表情《ひょうじょう》でわたしを見《み》るから恥《は》ずかしくなってくる。

「李珠《りず》もこいつらに迷惑《めいわく》かけただろ？　特《とく》に由仁《ゆに》には、すげー助《たす》けられたんだよな？」

「うっ……それは、そうです……」

莉斗《りと》の言葉《ことば》に言《い》い返《かえ》せなくてうつむく。

「べつに。むしろ俺《おれ》は橋本《はしもと》より静《しず》かだから、李珠《りず》のほうがいい」

「ええ、由仁《ゆに》〜!! そんなこと言《い》うなって〜!!」

由仁《ゆに》の言葉《ことば》を聞《き》いて、莉斗《りと》が由仁《ゆに》に抱《だ》きついた。

そんな莉斗《りと》に、由仁《ゆに》はうっとうしそうな顔《かお》をしている。

「橋本《はしもと》、ちょっといいか?」

不意《ふい》にドアがノックされ、そんな声《こえ》が聞《き》こえた。

一瞬《いっしゅん》で部屋《へや》が静《しず》かになる。

「おーい、橋本《はしもと》」

またドアがノックされる。

「李珠《りず》、こっち。隠《かく》れて」

「あ、うん」

隣《となり》に座《すわ》ってた由仁《ゆに》が、わたしの肩《かた》に手《て》を回《まわ》して引《ひ》き寄《よ》せる。

そのまま、ここまで連《つ》れてくるときにくるまれた毛布《もうふ》をかぶせられた。

また由仁《ゆに》に触《ふ》れられて、ドキドキと心臓《しんぞう》が音《おと》を立《た》てはじめる。

わたしが隠《かく》れたのを確認《かくにん》してから、莉斗《りと》がドアの方《ほう》へ行《い》く。

緊張《きんちょう》で心臓《しんぞう》が爆発《ばくはつ》しそう……。

「昴《すばる》じゃん。どしたー？」

「これ、先生《せんせい》が橋本《はしもと》にって」

「おっけー。わざわざあんがとね～」

莉斗《りと》と話《はな》しているのは昴《すばる》なんだ。

わたしがここにいることは、バレてなさそう……？

「じゃ」

「待《ま》て」

「んー？　って、ちょ……いきなり何《なに》？」

なんか莉斗《りと》から焦《あせ》ったような声《こえ》が聞《き》こえるんだけど、どうなってるの……？

バレたのか不安《ふあん》で、心臓《しんぞう》がドクドクと嫌《いや》な音《おと》を立《た》てる。

そんなわたしに気《き》づいたのか、由仁《ゆに》が毛布《もうふ》の上《うえ》からわたしの頭《あたま》をポンポンとした。

「やっぱりかわいくねーな……」

「はぁ？」

「てか、ごつくなった？」

「はい!?」

「手首《てくび》とかもっと細《ほそ》かっ……」

「もう、昴《すばる》のえっち〜!!」

「えっ……」

「でも昴《すばる》はトクベツね？　もっとよく見《み》てよ。ここcとかさ」

「あ、ちょっ、やめっ……」

莉斗《りと》の気持《きも》ち悪《わる》い裏声《うらごえ》と、今度《こんど》は昴《すばる》のほうが焦《あせ》っている声《こえ》が聞《き》こえる。

それと同時《どうじ》に、飛鳥《あすか》の笑《わら》い声《ごえ》まで聞《き》こえてきた。

いったいいま、何《なに》が起《お》こってるの……!?

「もう、昴《すばる》ってば真《ま》っ赤《か》になっちゃって。男《おとこ》の子《こ》なんだからっ」

「や、やめろよ」

「よく見《み》て、かわいいでしょ？」

「知《し》らん!!　近寄《ちかよ》んな!!」

昴《すばる》の大《おお》きな声《こえ》が聞《き》こえたあとに、ドアが勢《いきお》いよく閉《し》められる音《おと》が響《ひび》く。

そのあと、わたしにかけられていた毛布《もうふ》がとられて由仁《ゆに》と目《め》が合《あ》った。

やさしい表情《ひょうじょう》のまま、毛布《もうふ》でボサボサになったわたしの髪《かみ》を整《ととの》えてくれる。

「さっきのサイコー！　莉斗《りと》ってやっぱりマジでおもしろいわ!!」

飛鳥《あすか》がお腹《なか》を抱《かか》えて笑《わら》っているから、そちらを見《み》る。

なんでそんなに笑《わら》ってるの？

不思議《ふしぎ》に思《おも》って首《くび》を傾《かし》げると、莉斗《りと》がわたしの前《まえ》に座《すわ》る。

「なぁ李珠《りず》。昴《すばる》に色目《いろめ》つかった？」

「……はい!?」

「めっちゃ昴《すばる》にベタベタ触《さわ》られたんだけど」

「へ？　知《し》らないよ!!　色目《いろめ》なんてつかってないし」

「でも、昴《すばる》っていままで俺《おれ》にあたりキツかったんだよなー」

莉斗《りと》の言葉《ことば》で、昴《すばる》と初《はじ》めて話《はなし》した時《とき》のことを思《おも》い返《かえ》す。

「たしかに最初《さいしょ》は怖《こわ》かったけど、後半《こうはん》はけっこう優《やさ》しかったよ」

「あー、じゃあ惚《ほ》れられたかな」

「惚《ほ》れっ……ないない!!　ね？　由仁《ゆに》、飛鳥《あすか》？」

わたしがふたりに同意《どうい》を求《もと》めるけど、ふたりともうなずいてくれない。

「李珠《りず》ちゃんはかわいいから」

「でも、莉斗《りと》になりきってたのに」

「んーや、かわいかったよ。隠《かく》せてなかった」

「ええ……？」

飛鳥《あすか》に聞《き》いてもだめだと思《おも》い由仁《ゆに》を見《み》る。でも、由仁《ゆに》はため息《いき》をつくだけ。

莉斗《りと》になりきれてなかったんだ……。

いや、あんな莉斗《りと》の自由《じゆう》っぷりはさすがに真似《まね》できるわけないけど。

「でもバレてないならいいや。あと、わたしはそろそろ帰《かえ》るね」

「えー？　もうちょっといてよ。というか、莉斗《りと》と入《い》れ替《か》わろうよ」

飛鳥《あすか》がぐっとわたしに近《ちか》づいてくるから、驚《おどろ》いて同《おな》じくらい後《うし》ろに下《さ》がる。

「おい、俺《おれ》と一緒《いっしょ》の方《ほう》がいいだろ？」

「かわいい女《おんな》の子《こ》がいい」

「あーすーかー!!」

莉斗《りと》が飛鳥《あすか》に飛《と》びついてじゃれ合《あ》っている。

本当《ほんとう》に仲《なか》がいいね。

でもいまは、それにツッコミを入《い》れている場合《ばあい》ではない。

「廊下《ろうか》も人《ひと》いるし、橋本《はしもと》のフリして裏口《うらぐち》まで行《い》くか」

「うん。そうする」

由仁《ゆに》の提案《ていあん》にうなずき、莉斗《りと》のカバンを勝手《かって》にあさる。

莉斗《りと》の服《ふく》を引《ひ》っ張《ぱ》り出《だ》して、それを持《も》ってトイレに行《い》き着替《きが》える。

ウィッグはないから、前髪《まえがみ》を莉斗《りと》っぽくセットして、長《なが》い髪《かみ》はゴムでまとめて服《ふく》に隠《かく》す。

「わー、俺《おれ》だわ」

「かわいいバージョンの莉斗《りと》だ」

「俺《おれ》もかわいいだろ！」

またじゃれてる莉斗《りと》と飛鳥《あすか》。

「俺《おれ》が裏口《うらぐち》まで一緒《いっしょ》に行《い》く」

由仁《ゆに》が立《た》ちながらそう言《い》った。

「え、オレも！」

それに続《つづ》いて飛鳥《あすか》も立《た》ち上《あ》がる。

「じゃあ俺《おれ》も行《い》く!!」

なぜか莉斗《りと》まで、勢《いきお》いよく立《た》ち上《あ》がった。

「あほなの!? 莉斗《りと》はわたしが出《で》るまで、ここにいてくれないと」

思《おも》わずツッコミを入《い》れるわたしに、莉斗《りと》は唇《くちびる》をとがらせる。

「だって、ひとり残《のこ》るのはさみしいじゃん」

莉斗《りと》が出《で》てきたら、わたしの存在《そんざい》がバレちゃうからぜったいに阻止《そし》しないと。

「飛鳥《あすか》、莉斗《りと》が部屋《へや》を出《で》ないように見張《みは》っててくれない？」

「えー、オレまだ李珠《りず》ちゃんといたいんだけど？」

「えっと……」

「じゃあ代《か》わりに、夏休《なつやす》みに会《あ》おうよ。花火大会《はなびたいかい》、一緒《いっしょ》に行《い》こう」

「え？」

「その交換条件《こうかんじょうけん》ならいいよ」

飛鳥《あすか》の笑顔《えがお》に少《すこ》し考《かんが》える。

「友達《ともだち》と約束《やくそく》してるから、友達《ともだち》も一緒《いっしょ》でよければ」

「もちろん。じゃあ決《き》まりね。莉斗《りと》はオレに任《まか》せて！」

「うん。お願《ねが》いっ」

交換条件《こうかんじょうけん》にはびっくりしたけど、莉斗《りと》を押《お》さえておいてもらうために受《う》けるしかない。

「俺《おれ》も花火大会《はなびたいかい》行く！　みんなで行《い》こうな!!」

莉斗《りと》もテンションが上《あ》がってる。これ、ぜったい莉斗《りと》も来《く》るやつだ……。

ひなちゃん、勝手《かって》に決《き》めてごめんね……。

「友達《ともだち》に言《い》っとくね。じゃあ、またね」

「李珠《りず》ちゃん、またね～」

飛鳥《あすか》と莉斗《りと》に手《て》を振《ふ》って、由仁《ゆに》と一緒《いっしょ》に部屋《へや》を出《で》る。

由仁《ゆに》とふたりになり、やっと静《しず》かになった。

「いつもあんなにうるさいんだね」

「まぁな」

「ごめんね、弟《おとうと》が」

「べつにいい。……李珠《りず》に会《あ》えたし」

「え？　……わっ」

由仁《ゆに》の声《こえ》が聞《き》こえなくて顔《かお》をのぞき込《こ》んだとき、ちょうど曲《ま》がり角《かど》で誰《だれ》かにぶつかった。

「つぶなー」

そのまま後《うし》ろに倒《たお》れそうになったけど、由仁《ゆに》が背中《せなか》に手《て》を回《まわ》して支《ささ》えてくれた。

それとぶつかった相手《あいて》も、わたしの手首《てくび》をつかんでくれていた。

「悪《わる》い……って橋本《はしもと》？」

「あ、昴《すばる》。ごめん、よそ見《み》しててぶつかった」

ぶつかった相手《あいて》は昴《すばる》だった。

その昴《すばる》はわたしの手首《てくび》をつかんだまま、じっと見《み》つめてくる。

「え、何《なに》……」

「手首《てくび》、やっぱり細《ほそ》いな」

「へっ？」

「それに、なんかいまはかわいー……」

「ええっ!?」

昴《すばる》の発言《はつげん》にびっくりして、目《め》を見開《みひら》く。

「**離《はな》せよ**」

昴《すばる》がわたしをまじまじと見《み》てくるけど、つかんでいた手《て》を由仁《ゆに》が無理《むり》やり離《はな》させる。

そしてわたしの背中《せなか》に回《まわ》していた手《て》を肩《かた》に移動《いどう》させて、後《うし》ろに引《ひ》っ張《ぱ》った。

そのままわたしを隠《かく》して、歩《ある》くようにうながす。

「あ、ごめん。用事《ようじ》あるから」

ごまかそうとそれだけ言《い》うけど、昴《すばる》はわたしを見《み》ていなかった。

なぜかするどい視線《しせん》を由仁《ゆに》に向《む》けていたから由仁《ゆに》を見《み》ると、同《おな》じように由仁《ゆに》も昴《すばる》を見《み》ていた。

どうしてか気《き》になったけど、特《とく》に何《なに》も言《い》えずその場《ば》をあとにする。

なんとか誰《だれ》にも怪《あや》しまれずに、ふたりで裏口《うらぐち》まで来《く》ることができた。

「由仁《ゆに》、ありがとう」

「ん。気《き》をつけて帰《かえ》れよ」

「うん！　今日《きょう》また由仁《ゆに》に会《あ》えてよかった」

思《おも》わず素直《すなお》な本音《ほんね》が出《で》る。

あっと思《おも》ったけど、由仁《ゆに》はやさしく笑《わら》ってくれた。

「俺《おれ》も。李珠《りず》に会《あ》えてよかった」

やさしい瞳《ひとみ》に見《み》つめられて、心臓《しんぞう》がトクトクと音《おと》を立《た》てる。

なんでか、由仁《ゆに》と離《はな》れがたい。この前《まえ》もそうだった。

次《つぎ》はいつ会《あ》えるのかな？　次《つぎ》なんて、あるのかな……？

「……じゃあ、行《い》くね」

さみしい気持《きも》ちになるけど、早《はや》く行《い》かないといけない。

いつここに誰《だれ》かが来《き》て、バレちゃうかわからないから。

「李珠《りず》」

背《せ》を向《む》けようとしたけど、由仁《ゆに》が名前《なまえ》を呼《よ》ぶから、動《うご》きを止《と》める。

もう一度《いちど》、顔《かお》を見《み》ると今度《こんど》は真剣《しんけん》な表情《ひょうじょう》だった。

「俺《おれ》も、花火大会《はなびたいかい》に行《い》く」

「え？」

「だから、そこでまた会《あ》おう」

「っ、うん‼　すっごく楽《たの》しみ‼」

「また連絡《れんらく》する」

「待《ま》ってるね！」

わたしの言葉《ことば》に、真剣《しんけん》な表情《ひょうじょう》がやわらかくなる。

いま、わたしすごく喜《よろこ》んでる。

由仁《ゆに》とまた会《あ》う約束《やくそく》ができて、こんなにもうれしい。
さっきまでは名残惜《なごりお》しくて、帰《かえ》りたくなかった。
だけど由仁《ゆに》にまた会《あ》えると思《おも》えば、少《すこ》しだけ足取《あしど》りが軽《かる》くなった。
「また、花火大会《はなびたいかい》で!!」
フェンスを越《こ》えて塀《へい》を降《お》りたあと、小《ちい》さい声《こえ》だけど必死《ひっし》に伝《つた》える。
そんなわたしに、由仁《ゆに》は笑《わら》って手《て》を振《ふ》ってくれた。

気《き》づいた想《おも》い

夏休《なつやす》みに入《はい》って、今日《きょう》は約束《やくそく》の花火大会《はなびたいかい》の日《ひ》。

やっと今日《きょう》、由仁《ゆに》に会《あ》える……!!

由仁《ゆに》の瞳《ひとみ》に少《すこ》しでもかわいく映《うつ》れるように、浴衣《ゆかた》を着《き》て髪《かみ》もセットした。

「莉斗《りと》、どう？」

「いいんじゃねー」

「見《み》てないじゃん」

「あとで見《み》るって。その前《まえ》にログボ回収《かいしゅう》させて」

「ほんとゲームばっかりなんだからっ!!」

いつもどおりと言《い》えばいつもどおりだから慣《な》れっこだけど。

もう一度《いちど》、鏡《かがみ》で全身《ぜんしん》をチェックしてから莉斗《りと》と一緒《いっしょ》に家《いえ》を出《で》た。

今日《きょう》行《い》く花火大会《はなびたいかい》はわりと規模《きぼ》が大《おお》きくて有名《ゆうめい》で、たくさんの人《ひと》が来《く》る。

去年《きょねん》もひなちゃんと一緒《いっしょ》に行《い》ったから、迷《まよ》わずに待《ま》ち合《あ》わせ場所《ばしょ》まで行《い》くことができた。

「あ、李珠《りず》。こっちこっち～!!」

「ひなちゃーん!!　莉斗《りと》、行《い》くよ」

莉斗《りと》に声《こえ》をかけるも、反応《はんのう》なし。

「莉斗《りと》？」

おかしいなって顔《かお》をのぞき込《こ》むと、まっすぐに一点《いってん》を見《み》ている。

「おーい、莉斗《りと》」

莉斗《りと》の顔《かお》の前《まえ》で、手《て》をひらひらさせる。

「あの子《こ》……」

「あの子《こ》？　あ、ひなちゃんだよ。わたしの友達《ともだち》。早《はや》く行《い》こ……」

わたしの声《こえ》の途中《とちゅう》で、いきなり走《はし》り出《だ》す莉斗《りと》。

莉斗《りと》の行動《こうどう》に驚《おどろ》きながら、わたしも浴衣《ゆかた》と下駄《げた》で走《はし》りにくいけど必死《ひっし》についていく。

「ねえ、学校《がっこう》にいた!?」

「え？　あ、もしかして莉斗《りと》くん？」

「うん。李珠《りず》のふたごの弟《おとうと》の莉斗《りと》」

「私《わたし》は李珠《りず》の友達《ともだち》の宇田日南《うだひなみ》」

「だからひなちゃんね。ひなちゃんは、この前学校《まえがっこう》にいた⁉」

「莉斗《りと》くんが李珠《りず》と入《い》れ替《か》わってたとき？

そのときはちょうど風邪《かぜ》をこじらせて、一週間休《いっしゅうかんやす》んでたよ」

莉斗《りと》がすごい勢《いきお》いでひなちゃんに話《はな》しかけてる。

こんな莉斗《りと》、見《み》たことないんだけどもしかして……？

「だよね！　いなかったよね！」

「うん。私《わたし》がいたらもっとフォローできたのに……」

「こんなかわいい子《こ》、いたらぜったいに覚《おぼ》えてるからさ‼」

……やっぱり、莉斗《りと》ってばひなちゃんに一《ひと》

郵　便　は　が　き

お手数ですが
切手をおはり
ください。

104-0031

東京都中央区京橋1-3-1
八重洲口大栄ビル7階

スターツ出版（株）書籍編集部
愛読者アンケート係

お名前《ふりがな》	電話　（　　）
ご住所　（〒　　-　　）	
学年（　　年）　年齢（　　歳）　性別（　　）	
この本（はがきの入っていた本）のタイトルを教えてください。	

今後、新しい本などのご案内やアンケートのお願いをお送りしてもいいですか？
1. はい　　2. いいえ

いただいたご意見やイラストを、本の帯または新聞・雑誌・インターネットなどの広告で紹介してもいいですか？
1. はい　　2. ペンネーム（　　　　）ならOK　　3. いいえ

お客様の情報を統計調査データとして使用するために利用させていただきます。また頂いた個人情報に弊社からのお知らせをお送りさせて頂く場合があります。
個人情報保護管理責任者：スターツ出版株式会社　出版マーケティンググループ　部長　連絡先：TEL 03-6202-0311

「野いちごジュニア文庫」愛読者カード

「野いちごジュニア文庫」の本をお買い上げいただき、ありがとうございました！
今後の作品づくりの参考にさせていただきますので、下の質問にお答えください。
（当てはまるものがあれば、いくつでも選んでOKです）

♥この本を知ったきっかけはなんですか？
1. 書店で見て　2. 人におすすめされて（友だち・親・その他）　3. ホームページ
4. 図書館で見て　5. LINE　6. Twitter　7. YouTube
8. その他（　　　　　　　　　　　　　　　　　　）

♥この本を選んだ理由を教えてください。
1. 表紙が気に入って　2. タイトルが気に入って　3. あらすじがおもしろそうだった
4. 好きな作家だから　5. 人におすすめされて　6. 特典が欲しかったから
7. その他（　　　　　　　　　　　　　　　　　　）

♥スマホを持っていますか？　1. はい　2. いいえ

♥本やまんがは1日のなかでいつ読みますか？
1. 朝読の時間　2. 学校の休み時間　3. 放課後や通学時間
4. 夜寝る前　5. 休日

♥最近おもしろかった本、まんが、テレビ番組、映画、ゲームを教えてください。

♥本についていたらうれしい特典があれば、教えてください。

♥最近、自分のまわりの友だちのなかで流行っているものを教えてね。
服のブランド、文房具など、なんでもOK！

♥学校生活の中で、興味関心のあること、悩み事があれば教えてください。

♥選んだ本の感想を教えてね。イラストもOKです！

ご協力、ありがとうございました！

目惚《めぼ》れした？

ひなちゃんも莉斗《りと》の勢《いきお》いと話《はなし》のかみ合《あ》わなさに、ポカンとしている。

「ごめん、ひなちゃん。莉斗《りと》がうるさくて」

「いや、べつにいいけど」

「浴衣《ゆかた》も超《ちょう》かわいいね。その髪飾《かみかざ》りも似合《にあ》ってる。あ、連絡先教《れんらくさきおし》えてよ」

わたしもひなちゃんと話《はな》したいのに、完全《かんぜん》に莉斗《りと》がロックオンしてる。

たしかにひなちゃんはかわいいけど、わたしの友達《ともだち》なのに!!

「李珠《りず》」

莉斗《りと》に呆《あき》れていると、後《うし》ろから呼《よ》ばれて振《ふ》り返《かえ》れば由仁《ゆに》がいた。

白《しろ》のＴ《ティー》シャツに黒《くろ》いパンツというシンプルな格好《かっこう》なのに、すごくかっこよく見《み》える。

制服《せいふく》とも寮《りょう》のゆるい服装《ふくそう》ともちがう。

由仁《ゆに》の初《はじ》めて見《み》る私服姿《しふくすがた》に、ドキドキしちゃうよ……。

「浴衣《ゆかた》、似合《にあ》ってるな」

「ありがとう……」

早速《さっそく》ほめてもらえて、うれしくて顔《かお》が熱《あつ》くなる。

「あとは、飛鳥《あすか》だけだね」

「もう飛鳥《あすか》はよくね？　これ以上《いじょう》、男《おとこ》はいらん。ひなちゃんに近《ちか》づけたくない」

ひなちゃんにロックオンした莉斗《りと》だけど、自由度《じゆうど》は変《か》わってないなぁ。

飛鳥《あすか》を待《ま》つ間《あいだ》、ひなちゃんと由仁《ゆに》もお互《たが》いに軽《かる》くあいさつをしていた。

ただ名前《なまえ》を伝《つた》え合《あ》っただけなのに、莉斗《りと》は由仁《ゆに》を警戒《けいかい》するように見《み》ていた。

「ごめん、お待《ま》たせ〜」

女子《じょし》の集団《しゅうだん》が来《き》たと思《おも》えば、その真《ま》ん中《なか》から飛鳥《あすか》が出《で》てくる。

「ちょっと囲《かこ》まれちゃってさ」

十分《じっぷん》遅《おく》れて到着《とうちゃく》した飛鳥《あすか》の周《まわ》りには、たくさんのきれいな女子《じょし》。

飛鳥《あすか》ってやっぱり人気《にんき》なんだな。

そう思《おも》ったけどよく見《み》れば、その中《なか》の女子数人《じょしすうにん》が由仁《ゆに》にも視線《しせん》を向《む》けている。

由仁《ゆに》ってかっこいいもんね。

でもなんだか、モヤッとしてしまう……。

「遅《おく》れたついでに、この人《ひと》を見《み》つけたから連《つ》れてきたよ」

「マジ勝手《かって》に……人多《ひとおお》い。散《ち》れっ」

飛鳥《あすか》に背中《せなか》を押《お》されて姿《すがた》を現《あらわ》したのは、イライラした様子《ようす》の昴《すばる》。

ここで会《あ》うと思《おも》ってなかったから、びっくりして目《め》をパチパチさせる。

「李珠《りず》ちゃーん。久《ひさ》しぶり～！」

「あ、うん。久《ひさ》しぶりだね」

「浴衣姿《ゆかたすがた》かわいい。髪《かみ》アップにしてるのもいいね。似合《にあ》ってる」

「ありがとう」

流《なが》れるようにほめてくれる飛鳥《あすか》は、やっぱり女《おんな》の子《こ》の扱《あつか》いに慣《な》れている。

わたしもそのほめ言葉《ことば》を、流《なが》れるように受《う》け取《と》った。

「……あれ？」

飛鳥《あすか》と話《はな》していると、イライラしていたは

ずの昴《すばる》が近《ちか》づいてきた。

そして顔《かお》を近《ちか》づけてくるから、びっくりする。

「どっかで会《あ》ったことある？」

わたしの顔《かお》をじっくり見《み》てそうたずねられたから、ドキッと心臓《しんぞう》が音《おと》を立《た》てた。

バレ、てはないよね……？

「はじめまして。橋本莉斗《はしもとりと》のふたごの姉《あね》の李珠《りず》です。莉斗《りと》のお友達《ともだち》ですか？」

「ふたごの姉《あね》……？　あ、えっと、橋本《はしもと》と同《おな》じクラスの島崎昴《しまさきすばる》」

「同《おな》じクラスなんですね。莉斗《りと》がお世話《せわ》になってます」

初対面《しょたいめん》のフリをするけど、内心《ないしん》バレないかずっとドキドキしてる。

そんなわたしの気持《きも》ちを知《し》ってか知《し》らずか、昴《すばる》は不思議《ふしぎ》そうに見《み》てくる。

「似《に》てる？　いや、似《に》てないか。でもなんか初《はじ》めてな感《かん》じしないな」

「ふたごだからだろ」

違和感《いわかん》をもっている昴《すばる》だけど、間《あいだ》に由仁《ゆに》が入《はい》ってくれる。

「榛名《はるな》!?　なんでおまえがいんだよ!?」

「みんな来《き》たし行《い》くぞ」

そのおかげで、この話《はなし》は強制終了《きょうせいしゅうりょう》。

「うん。ひなちゃん行《い》こ……」

由仁《ゆに》の言葉《ことば》にうなずいて、ひなちゃんに声《こえ》をかけようとするけど、そのそばには莉斗《りと》。

「ひなちゃん、なんか食《た》べたいものあるー？　あ、飛鳥《あすか》はひなちゃんに近《ちか》づくなよ」

「はいはい」

ひなちゃんにメロメロな莉斗《りと》に、深《ふか》いため息《いき》をつく。

身内《みうち》のこんな姿《すがた》、たしかに見《み》たくないかも。

莉斗《りと》の言《い》っていたことを、いま身《み》に染《し》みて感《かん》じる。

ひなちゃんと目《め》が合《あ》ったから、手《て》を合《あ》わせて謝《あやま》るジェスチャーをする。

ひなちゃんは笑《わら》って指《ゆび》でまるをつくり、大丈夫《だいじょうぶ》って伝《つた》えてくれた。

「移動《いどう》しよっか」

「おっけー。どこへでもついてくよ」

ひなちゃんが声《こえ》をかければ、莉斗《りと》は誰《だれ》よりも早《はや》く笑顔《えがお》で反応《はんのう》する。

みんなで移動《いどう》しながら、気《き》になった屋台《やたい》に並《なら》ぶ。

「からあげ食《た》べたい」

「俺《おれ》も食《た》べたい。ひなちゃんは俺《おれ》と並《なら》ぼう」

「李珠《りず》はー？」

莉斗《りと》につきまとわれても、わたしを気《き》にかけてくれるひなちゃんはやさしい。

ちゃんと楽《たの》しめてるかな？

とりあえず、莉斗《りと》にはあとで文句《もんく》言《い》おう。

「由仁《ゆに》はからあげ食《た》べる？」

「うん」

「じゃあシェアしよ。いろんな味《あじ》あるし」

「いいよ」

由仁《ゆに》の返事《へんじ》に、うれしくて笑顔《えがお》になる。

男子校潜入《だんしこうせんにゅう》が終《お》わった日《ひ》の放課後《ほうかご》に、ふたりで過《す》ごしたことを思《おも》い出《だ》す。

また、こんな時間《じかん》を過《す》ごせるなんて思《おも》ってなかったから幸《しあわ》せ……!!

「すば……島崎《しまさき》くんは？」

「おれはいい」

思《おも》わず名前《なまえ》で呼《よ》びそうになって言《い》い直《なお》すけど、昴《すばる》は気《き》づいていなくてホッとする。

「そっか。飛鳥《あすか》はー？」

「ん？　どれ買《か》ってほしいの？」

「え？　いろんな味《あじ》を買《か》って、みんなでシェアしよって……」

「あ、全部《ぜんぶ》買《か》ってほしいってことね。いいよ」

もしかして、おねだりしてるように思《おも》われてる？

「お金《かね》は割《わ》り勘《かん》だよ」

「え？」

「同《おな》い年《どし》だし、わたしたちは働《はたら》いてないからお小遣《こづか》いは大切《たいせつ》にしないと」

「…………」

わたしの言葉《ことば》に飛鳥《あすか》が黙《だま》ってしまう。

あれ？　わたし、何《なに》かおかしなこと言《い》っちゃったかな？

「えっと、どうする？」

「うん。シェアする」

「おっけー。じゃあ好《す》きな味《あじ》をひとりひとつずつ選《えら》ぼっ！」

と、言《い》ったものの、由仁《ゆに》も飛鳥《あすか》もわたしに選《えら》ばせてくれた。

結局《けっきょく》、わたしが食《た》べたいみっつの味《あじ》のからあげを買《か》って三人《さんにん》で食《た》べることに。

「ん〜、おいしい！　飛鳥《あすか》のも食《た》べてみていい？」

「もちろん！」

飛鳥《あすか》が持《も》つカップに入《はい》ってるチーズ味《あじ》のからあげに、つまようじを刺《さ》して食《た》べる。

「ん〜、おいしいっ‼」

「………………」

からあげを頬張《ほおば》るわたしをじっと見《み》てくる飛鳥《あすか》。

不思議《ふしぎ》に思《おも》い首《くび》を傾《かし》げて、飛鳥《あすか》を見《み》つめ返《かえ》す。

「飛鳥《あすか》？」

「……あ、いや、なんか李珠《りず》ちゃんって変《か》わってるね」

「え？」

「割《わ》り勘《かん》とか初《はじ》めてした。いつも〝これ欲《ほ》しい〟って言《い》われておごるのが当《あ》たり前《まえ》だったし、食《た》べ物《もの》もSNS《エスエヌエス》にあげるためのもの。味見《あじみ》して残《のこ》すのが普通《ふつう》だと思《おも》ってた」

「んー、いろんな人《ひと》がいるのかもしれないけど、わたしは友達《ともだち》と割《わ》り勘《かん》したいな。だってそっちのほうが楽《たの》しいもん！

「あ、でも飛鳥《あすか》が嫌《いや》なら言《い》ってね。飛鳥《あすか》の気持《きも》ちが大切《たいせつ》だから」

「李珠《りず》ちゃん……」

飛鳥《あすか》と話《はな》しているうちに、由仁《ゆに》の持《も》ってるからあげがなくなりそうになっている。

ものほしそうに見《み》ていたら、由仁《ゆに》は食《た》べようとしていた手《て》を止《と》めてくれた。

「ごめん飛鳥《あすか》、何《なに》か言《い》いかけてた？」

「ううん。……李珠《りず》ちゃんってやっぱりいいなって思《おも》ってただけ」

「え？」

「なんでもない。食《た》べてつぎ、行《い》こう。またシェアしようよ」

「うん!!」

飛鳥《あすか》の言葉《ことば》にうなずいて、由仁《ゆに》からからあげをもらう。

つぎに目《め》をつけたたこ焼《や》きは、昴《すばる》も食《た》べたくなったのか四人《よにん》でシェアした。

「射的《しゃてき》したい！」

射的《しゃてき》の屋台《やたい》を見《み》つけて、テンションが上《あ》がって指《ゆび》をさす。

「オレ、得意《とくい》だよ」

すぐに飛鳥《あすか》が自信満々《じしんまんまん》な表情《ひょうじょう》をする。

「俺《おれ》もひなちゃんにかっこいいところ見《み》せる」

「おれもやる」

飛鳥《あすか》に続《つづ》いて、莉斗《りと》と昴《すばる》もやる気満々《きまんまん》。

最初《さいしょ》にやりたいと言《い》ったわたしより先《さき》に、屋台《やたい》のおじさんに声《こえ》をかけている。

「ひなちゃん、俺《おれ》だけを見《み》てて」

「見《み》てるよー。がんばれー」

「おっしゃ、やるぞ!!」

ひなちゃんの応援《おうえん》に、わかりやすくやる気《き》が上《あ》がる莉斗《りと》。

そんな莉斗《りと》は見《み》てられなくて、飛鳥《あすか》と昴《すばる》を見《み》る。

「李珠《りず》もやりたいんだろ？」

いきなりわたしの耳元《みみもと》に口《くち》を寄《よ》せて、声《こえ》をかけてきた由仁《ゆに》。

「え？　うん。でも埋《う》まっちゃったから待《ま》つよ」

「あっちにもあるから行《い》こう」

「いいのかな？　みんなの応援《おうえん》しなくて」

「俺《おれ》は李珠《りず》とふたりでしたいから、ちょうどいい」

「え……」

「どう？」

「……うん。わたしも」

そんなこと言《い》われたら、断《ことわ》れるわけがない。

わたし、ずっと由仁《ゆに》に会《あ》いたかったんだもん……。

由仁《ゆに》と二人《ふたり》で場所《ばしょ》を移動《いどう》すると、そこは空《す》いていてすぐに挑戦《ちょうせん》できた。

「難《むずか》しい……」

全然《ぜんぜん》当《あ》たらなくて、モヤモヤする。

ねらうは、わたしの好《す》きなキャラクターのぬいぐるみキーホルダーなんだけど……。

「あ、終《お》わっちゃった」

ひとつも当《あ》てることさえできなかったよ……。

「欲《ほ》しいのはあれ？」

「あ、うん。あのハムスターとネコがセットのぬいぐるみキーホルダー」

「りょーかい」

「え？　由仁《ゆに》、とれるの？」

「見《み》とけって」

無邪気《むじゃき》にそう言《い》うと、由仁《ゆに》はコルク銃《じゅう》にコルクを詰《つ》めてしっかりとねらう。

その横顔《よこがお》がきれいでかっこよくて、思《おも》わず見《み》とれた。

「ほら、落《お》ちた」

「……えぇ!? すごい!! ゲットじゃん!!」

由仁《ゆに》ばかり見《み》ていて、反応《はんのう》が遅《おく》れた。

射的《しゃてき》のおじさんが、落《お》ちた景品《けいひん》をくれる。

由仁《ゆに》はいつのまにかお菓子《かし》の詰《つ》め合《あ》わせもゲットしていて、それも受《う》け取《と》っていた。

「はい、これ」

「え、いいの？」

「李珠《りず》のためにとったから」

「～っ、ありがとう！」

ぬいぐるみキーホルダーをセットでもらって、うれしくて頬《ほお》がゆるむ。

「あ、じゃあふたりでひとつずつ持《も》とうよ」

「李珠《りず》にどっちもやるけど」

「嫌《いや》だったらいいけど、今日《きょう》の思《おも》い出《で》としてふたりで持《も》っておきたい。だめ？」

セットのぬいぐるみをひとつずつ持《も》つって、やっぱり嫌《いや》かな……？

不安《ふあん》でドキドキしながら、由仁《ゆに》を見上《みあ》げる。

「……いーよ。李珠《りず》はハムスターだろ？」

「え？　なんでわかったの？」

「なんとなく」

「うん。でも由仁《ゆに》はネコでいいの？」

「なんでもいいから」

「ありがとう。じゃあこれ由仁《ゆに》のね」

由仁《ゆに》にネコのぬいぐるみキーホルダーを手渡《てわた》す。

「あはは、由仁《ゆに》がぬいぐるみ持《も》ってるのかわいいね」

「ぬいぐるみとか持《も》ってないから、これが初《はじ》めて」

〝初《はじ》めて〟という単語《たんご》にドキッとする。

前《まえ》、放課後《ほうかご》に遊《あそ》ぶのも初《はじ》めてだって言《い》ってた。

わたしと過《す》ごすなかに、初《はじ》めての思《おも》い出《で》ができていくのがうれしいな……。

「そろそろみんなと合流《ごうりゅう》する？」

歩《ある》きながら由仁《ゆに》に声《こえ》をかけたとき、スマホが鳴《な》った。

「あ、ちょうど電話《でんわ》……飛鳥《あすか》からだ」

スマホを取《と》り出《だ》すと、画面《がめん》に飛鳥《あすか》の名前《なまえ》が表示《ひょうじ》されている。

「出《で》るね」

由仁《ゆに》に声《こえ》をかけてから、画面《がめん》をスライドさせる。

『李珠《りず》ちゃん⁉　いまどこ⁉』

「えっとね、いまは射的《しゃてき》の……あ、由仁《ゆに》⁉」

『はあ⁉　由仁《ゆに》、ちょっと……』

「ここからは別行動《べっこうどう》で」

わたしのスマホが手《て》から抜《ぬ》き取《と》られ、由仁《ゆに》が飛鳥《あすか》に言葉《ことば》をかける。

「はい」

電話越《でんわご》しに飛鳥《あすか》の声《こえ》が聞《き》こえたけど、由仁《ゆに》は無視《むし》して通話《つうわ》を切《き》ってしまった。

「え、由仁《ゆに》？　なんで別行動《べっこうどう》……」

「足《あし》、痛《いた》いんだろ？」

「……気《き》づいてたの？」

「ん。ばんそうこうは？」

「持《も》ってるよ」

「じゃ、端《はし》の方《ほう》に移動《いどう》しよう」

由仁《ゆに》と一緒《いっしょ》に、人通《ひとどお》りが少《すく》ない道《みち》の端《はし》に移動《いどう》する。

「ばんそうこう、ちょうだい」

「自分《じぶん》でできるよ」

「俺《おれ》がしたい。だから、座《すわ》ってて」

由仁《ゆに》が車止《くるまど》めにわたしを座《すわ》らせ、ばんそうこうを受《う》け取《と》る。

膝《ひざ》を地面《じめん》につけるのも気《き》にせずに、下駄《げた》で擦《す》れた足《あし》の甲《こう》にばんそうこうを貼《は》ってくれた。

すごくていねいに触《ふ》れてくれて、ドキドキしてしまう……。

「ごめんね。わたしを気《き》づかって別行動《べつこうどう》って言《い》ってくれたんだね」

だんだんと足《あし》が痛《いた》くなってきて、みんなについていくのがしんどかった。

けど場《ば》の空気《くうき》を悪《わる》くしたくないし、わたしもまだみんなといたかったから隠《かく》してたのに。

「浴衣《ゆかた》、着《き》て来《こ》なかったらよかったな……」

「何言《なにい》ってんだよ。似合《にあ》ってるから着《き》ていいだろ。俺《おれ》は李珠《りず》の浴衣姿《ゆかたすがた》を見《み》れてよかった」

「っ……」

「着《き》て来《き》てくれてありがとう」

……どうしよう。

そんなまっすぐな言葉《ことば》に、うれしくなっちゃう。

やさしい笑顔《えがお》で頭《あたま》をなでられて、ドキドキが止《と》まらない。

迷惑《めいわく》かけちゃったけど、浴衣《ゆかた》を着《き》てきてよかったって思《おも》えたよ……。

「それに気《き》をつかったわけじゃなくてただ……**ふたりになりたかったから**」

「え……？」

「いや、なんでもない。花火上《はなびあ》がるぞ」

由仁《ゆに》が上《うえ》を見《み》たと同時《どうじ》に、花火《はなび》が上《あ》がった。

この場所《ばしょ》からちょうどきれいに見《み》えてラッキーだった。

なのに花火《はなび》ではなく、由仁《ゆに》から目《め》が離《はな》せない。

花火《はなび》が上《あ》がると同時《どうじ》に気《き》づいてしまった。

わたし、由仁《ゆに》のことが好《す》き……。

初《はじ》めての気持《きも》ち【由仁《ゆに》side《サイド》】

隣《となり》で花火《はなび》を見上《みあ》げる李珠《りず》を見《み》つめる。
きれいな横顔《よこがお》に、胸《むね》の奥《おく》がざわっとした。
李珠《りず》に出会《であ》ってからの俺《おれ》はおかしい。俺《おれ》が俺《おれ》じゃないみたいになる。
初《はじ》めて李珠《りず》を見《み》た時《とき》は、橋本《はしもと》のフリをしていてびっくりしたけど。
こんなアホなことをするやつに、関《かか》わりたくないって思《おも》った。
だけど、男子校《だんしこう》に来《き》て自分《じぶん》なりに必死《ひっし》にがんばる李珠《りず》を放《ほう》っておけなかった。
つい助《たす》けにいっていたし、笑顔《えがお》でお礼《れい》を言《い》ってくれる李珠《りず》に胸《むね》が高鳴《たかな》った。
俺自身《おれじしん》を見《み》ようとしてくれる李珠《りず》に惹《ひ》かれていった。
「見《み》た？　いまの、大《おお》きかったね！」
花火《はなび》に興奮《こうふん》して、俺《おれ》を見《み》た李珠《りず》。
この瞳《ひとみ》に、俺《おれ》だけを映《うつ》してほしいと思《おも》うようになるのに、時間《じかん》はかからなかった。
なんなら李珠《りず》が来《き》た次《つぎ》の日《ひ》には、他《ほか》のやつらに触《さわ》られないようにしていた。

体育《たいいく》で李珠《りず》が捻挫《ねんざ》したとき、李珠《りず》を助《たす》けようと島崎《しまさき》が動《うご》いたのが見《み》えたのに。

むしろそれより早《はや》く、俺《おれ》が動《うご》いて李珠《りず》を保健室《ほけんしつ》まで連《つ》れていった。

面倒《めんどう》なことに巻《ま》き込《こ》まれたくないなら、李珠《りず》の正体《しょうたい》を知《し》った笠原《かさはら》に任《まか》せればいいだけ。

でも、任《まか》せたくなかった。

俺《おれ》が李珠《りず》に協力《きょうりょく》したいと思《おも》ったし、いちばん近《ちか》くで守《まも》りたいと思《おも》った。

李珠《りず》が男子校《だんしこう》に来《き》ている五日間《いつかかん》は、本当《ほんとう》にあっという間《ま》に過《す》ぎた。

いままで他人《たにん》のことを気《き》にしたことはないし、思《おも》い出《だ》すこともない。

なのに、李珠《りず》がいないことにはさみしさを感《かん》じた。

また、会《あ》いたいと思《おも》った。

「李珠《りず》」

「ん？」

「きれいだな」

「そうだね！　すっごくきれいだね‼」

俺《おれ》の言葉《ことば》にそう返《かえ》してくれる李珠《りず》。

李珠《りず》はきっと花火《はなび》のことを言《い》っている。

やっと俺《おれ》を見《み》たのに、またすぐに打《う》ち上《あ》げ花火《はなび》に視線《しせん》を戻《もど》す。

俺《おれ》は花火《はなび》なんかよりも、李珠《りず》をずっと見《み》ていたいと思《おも》っている。

今日《きょう》が終《お》われば、つぎはいつ会《あ》えるのか。

いま一緒《いっしょ》にいるのに、つぎのことを考《かんが》えてしまう。

こんなこと、いままでなかった。

ふたりきりになりたいって思《おも》うのも、もっと一緒《いっしょ》にいたいって思《おも》うのも。

李珠《りず》と出会《であ》ってから、初《はじ》めてのことばかりだ。

「終《お》わっちゃったね」

すべての花火《はなび》が終《お》わり、空《そら》に闇《やみ》が戻《もど》る。

こんなに時間《じかん》が経《た》つのが早《はや》いと思《おも》うのも初《はじ》めてだ。

「ゆっくり帰《かえ》ろう。送《おく》るから」

「ありがとう。やっぱり由仁《ゆに》はやさしいね」

俺《おれ》が李珠《りず》の足《あし》を気《き》づかってると思《おも》ってるんだろうな。

それもあるけど、いちばんは少《すこ》しでも李珠《りず》と長《なが》くいたいから。

こんなの俺《おれ》らしくない。

だけど、李珠《りず》ともっと一緒《いっしょ》にいたいんだ。


「夏休《なつやす》みはどこかに旅行《りょこう》とか行《い》くの？」

「毎年《まいとし》、祖父《そふ》がいるイギリスに行《い》く」

「えぇ!?　おじいさん、イギリスにいるんだ」

「うん」

「すごいね。わたし、日本《にほん》から出《で》たことないよ」

「じゃあ一緒《いっしょ》に行《い》く？」

「え？」

「高校《こうこう》か大学《だいがく》か、大人《おとな》になってからでも」

……って、何言《なにい》ってるんだ。

そんな未来《みらい》の話《はなし》をしても、そのとき李珠《りず》と一緒《いっしょ》にいるとは限《かぎ》らない。

だけど、そのときも李珠《りず》と関係《かんけい》が続《つづ》いてたらいいなと思《おも》う。

自分《じぶん》で言《い》ったことに、だんだんと恥《は》ずかしくなってくる。

「……なんて」

やっぱり俺《おれ》らしくないから、訂正《ていせい》しようとした。

「じゃあ、それまでに英語《えいご》を勉強《べんきょう》しておくね！　あ、イギリスって英語《えいご》でいいよね？」

でもその前《まえ》に、李珠《りず》が笑顔《えがお》で返《かえ》してくれる。

そんな李珠《りず》に、心《こころ》がじわっと熱《あつ》くなるのを感《かん》じた。

「うん。でも、俺《おれ》がいるから心配《しんぱい》しなくていい」

「たしかに英語《えいご》の授業《じゅぎょう》でめっちゃペラペラだったね？」

「ん」

「本当《ほんとう》にすごい。かっこいい!!　でも、わたしもしゃべりたいから由仁《ゆに》に教《おし》えてもらおっ」

かわいい笑顔《えがお》を向《む》けてくる李珠《りず》に、自然《しぜん》と俺《おれ》も口角《こうかく》が上《あ》がる。

本当《ほんとう》に、李珠《りず》といるだけで落《お》ち着《つ》くし、心《こころ》がおどるんだよな。

李珠《りず》は笠原《かさはら》や島崎《しまさき》にも好《す》かれている。

たくさんの人《ひと》を惹《ひ》きつける魅力《みりょく》がある李珠《りず》だけど、俺《おれ》はそんな李珠《りず》にこちらを向《む》いてもらいたい。

一方通行《いっぽうつうこう》ではなく、気持《きも》ちを重《かさ》ねたい。

「あ、もう着《つ》いちゃった。早《はや》いね……」

俺《おれ》の気持《きも》ちを知《し》ってか知《し》らずか、家《いえ》に着《つ》くとさみしそうに目《め》を伏《ふ》せる李珠《りず》。

そんな李珠《りず》に触《ふ》れたくなる。

俺《おれ》だけを見《み》てほしくなる。

俺《おれ》だけで独占《どくせん》したくなる。

「今日《きょう》はありがとう」

「こちらこそ」

「由仁《ゆに》と一緒《いっしょ》に花火《はなび》を見《み》れて、すっごくうれしかった!!」

「俺《おれ》も、李珠《りず》と見《み》れてよかった」

李珠《りず》の前《まえ》だと、少《すこ》しだけ素直《すなお》になれる。

こんなに自分《じぶん》の感情《かんじょう》を表《あらわ》せるのも、李珠《りず》と関《かか》わるようになってからだ。

「李珠《りず》」

名前《なまえ》を呼《よ》ぶと、大《おお》きな瞳《ひとみ》に俺《おれ》を映《うつ》してくれる。

自分《じぶん》の鼓動《こどう》が速《はや》くなるのを感《かん》じながら、李珠《りず》に手《て》を伸《の》ばし頬《ほお》に触《ふ》れる。

俺《おれ》の手《て》が触《ふ》れるとびっくりしたのか、ぎゅっと目《め》を閉《と》じた。

そんな李珠《りず》がかわいくて、離《はな》れがたくなる。

もっと一緒《いっしょ》にいたい気持《きも》ちでいっぱいになる。

頬《ほお》に触《ふ》れた手《て》を李珠《りず》の後頭部《こうとうぶ》へ移動《いどう》させ、ゆっくりと引《ひ》き寄《よ》せた。

「お、李珠《りず》!!　聞《き》いて、ひなちゃんと……あれ？　由仁《ゆに》もいいんじゃん」

そんな声《こえ》が聞《き》こえて、抱《だ》きしめる前《まえ》に手《て》を離《はな》した。

……ここ、李珠《りず》の家《いえ》の前《まえ》だった。

外《そと》で俺《おれ》は何《なに》をしようとした……？

「わたしが靴《くつ》ずれしちゃったから、由仁《ゆに》が心配《しんぱい》して家《いえ》まで送《おく》ってくれたんだ」

「へー、由仁《ゆに》ってやさしいんだな。俺《おれ》にもやさしくしてくれよ」

「うるさい」

「なんで!?」

橋本《はしもと》が近《ちか》づいてきて、大《おお》きく息《いき》を吐《は》く。

橋本《はしもと》はうるさくて破天荒《はてんこう》で強引《ごういん》に関《かか》わってくるようなやつ。

正直苦手《しょうじきにがて》だったけど、こいつのおかげで李珠《りず》に出会《であ》えた。

そう思《おも》うと、うるさい橋本《はしもと》を見《み》て少《すこ》しだけ頬《ほお》がゆるんだ。

「え、由仁《ゆに》が笑《わら》った⁉　俺《おれ》に笑《わら》ってくれた⁉」

「じゃあな、李珠《りず》。足《あし》、お大事《だいじ》に」

橋本《はしもと》を無視《むし》して、李珠《りず》に言葉《ことば》をかける。

「うん。ありがとう」

「おい、由仁《ゆに》っ」

李珠《りず》の笑顔《えがお》で癒《いや》されたけど、橋本《はしもと》に呼《よ》ばれたからにらむように見《み》る。

「え、今度《こんど》はなんでにらまれたの……」

李珠《りず》に出会《であ》えたのは橋本《はしもと》のおかげだから感謝《かんしゃ》する。

でも、いま李珠《りず》との時間《じかん》を邪魔《じゃま》されたのはイラつく。

だから横目《よこめ》で橋本《はしもと》を見《み》てから、もう一度《いちど》李珠《りず》に視線《しせん》を戻《もど》した。

「また連絡《れんらく》する」

「うん。わたしもする！」

俺《おれ》の言葉《ことば》にうれしそうにする李珠《りず》に微笑《ほほえ》んでから、背《せ》を向《む》けて歩《ある》き出《だ》した。

家《いえ》に帰《かえ》る間《あいだ》も、帰《かえ》ってからも李珠《りず》のことが頭《あたま》から離《はな》れない。

そういえば、こんなに長《なが》い時間《じかん》を〝李珠《りず》〟と一緒《いっしょ》に過《す》ごせたのは初《はじ》めてだ。
射的《しゃてき》で取《と》ったネコのぬいぐるみキーホルダーを見《み》る。
それだけで、李珠《りず》の笑顔《えがお》を思《おも》い出《だ》せる。
いつのまにか、李珠《りず》のことばかり考《かんが》えるようになった。
ぬいぐるみを部屋《へや》のデスクのよく見《み》える場所《ばしょ》に置《お》く。
もう李珠《りず》に会《あ》いたい。
この初《はじ》めての気持《きも》ちはなんなんだろうか。
そう思《おも》いながら、ネコのぬいぐるみの頭《あたま》をなでた。

また会《あ》える約束《やくそく》

「李珠《りず》頼《たの》む。俺《おれ》に変装《へんそう》して学校《がっこう》に行《い》ってくれ。これで最後《さいご》だから!!」

莉斗《りと》がわたしの部屋《へや》に入《はい》ってきたと思《おも》えば、いつか聞《き》いたようなセリフ。

「どういうこと？」

いまは夏休《なつやす》み後半《こうはん》。

まだ学校《がっこう》は始《はじ》まっていないはずだけど……。

「明後日《あさって》、登校日《とうこうび》なんだよ」

「休《やす》めば？」

「ぜったいに行《い》かないといけないんだよ。学園祭《がくえんさい》のことを決《き》めるし」

「じゃあ行《い》けばいいじゃん」

莉斗《りと》の言《い》ってることが矛盾《むじゅん》してて、頭《あたま》にハテナが浮《う》かぶ。

「それがその日《ひ》、ひなちゃんがやっとデートOK《オーケー》してくれたんだよ」

「わかった。代《か》わりにわたしがひなちゃんとデートしてくるね」

「なんでだよ!!　俺《おれ》のデートだぞ!!」

「わたしだってひなちゃんと遊《あそ》びたいよ」

常識的《じょうしきてき》に考《かんが》えれば、学校《がっこう》が優先《ゆうせん》でしょ！

だからわたしが代《か》わりに、ひなちゃんと会《あ》うほうがいいに決《き》まってる。

「俺《おれ》がとりつけたデートだから無理《むり》！」

「わたしのほうがひなちゃんと仲《なか》いいのに!!」

「登校日《とうこうび》だけだからいいだろ？　由仁《ゆに》に会《あ》えるぞ」

「っ、なんで……」

思《おも》わず息《いき》が詰《つ》まった。

ここで由仁《ゆに》の名前《なまえ》が出《で》てくると思《おも》わなかったから。

「バレバレだぞ。俺《おれ》ら、ふたごだからな」

莉斗《りと》がニヤニヤした表情《ひょうじょう》でわたしを見《み》てくる。

自分《じぶん》の気持《きも》ちに気《き》づかれていたことに恥《は》ずかしくなって、顔《かお》が熱《あつ》くなった。

「学校自体《がっこうじたい》は午前中《ごぜんちゅう》だけだから、李珠《りず》も楽《たの》しんで来《こ》いよ」

「…………」

「交渉成立《こうしょうせいりつ》。よろしくな～！」

何《なに》も言《い》わず黙《だま》っていたけれど、莉斗《りと》にはわたしが断《ことわ》らないとわかったみたいだ。

「ご、午前中《ごぜんちゅう》だけならってことだよ。莉斗《りと》がどうしてもって言《い》うから」

「あー、はいはい。わかってる。明後日《あさって》どんな服着《ふくき》よっかなぁ～」

こういうところはさすがふたごなのか、わたしの気持《きも》ちは完全《かんぜん》にバレている。

まぁ、午前中《ごぜんちゅう》だけなら……なんて建前《たてまえ》で。

由仁《ゆに》に会《あ》える。

それだけの理由《りゆう》で、わたしはまた莉斗《りと》のフリをして男子校《だんしこう》へ行《い》くことにした。


「李珠《りず》、こっち」

「由仁《ゆに》、ありがとう。わざわざ迎《むか》えまで」

「ん。着替《きが》えてくる？」

「そうする」

学校《がっこう》の最寄《もよ》り駅《えき》の多目的《たもくてき》トイレで、李珠《りず》の姿《すがた》から莉斗《りと》の姿《すがた》に変装《へんそう》する。

登校日《とうこうび》にわたしが行《い》くことを由仁《ゆに》に連絡《れんらく》すると、わざわざ駅《えき》まで迎《むか》えに来《き》てくれたんだ。

由仁《ゆに》に会《あ》えて気分《きぶん》が上《あ》がったわたしは、やっぱり由仁《ゆに》のことが好《す》きなんだな……。

ドキドキしながら、由仁《ゆに》と一緒《いっしょ》に学校《がっこう》へと向《む》かった。

「今日《きょう》って学園祭《がくえんさい》の出《だ》し物《もの》を決《き》めるんだよね？」

「あぁ」

「なんかワクワクするね！」

学園祭《がくえんさい》って響《ひび》きからして、もう楽《たの》しみ。

この学校《がっこう》の学園祭《がくえんさい》の規模《きぼ》は大《おお》きいって去年莉斗《きょねんりと》に教《おし》えてもらったから。

「えっ⁉　り、とじゃん‼」

教室《きょうしつ》に着《つ》き由仁《ゆに》と席《せき》で話《はな》していると、大《おお》きな声《こえ》が聞《き》こえてびっくりする。

それは飛鳥《あすか》で、いま〝李珠《りず》〟って呼《よ》ぼうとしたとわかった。

なんで由仁《ゆに》と飛鳥《あすか》は、こんなにすぐに気《き》づくんだろう……。

「なんでなんで？　言《い》ってよ～」

飛鳥《あすか》はすぐにわたしの席《せき》まで来《き》て、周《まわ》りに聞《き》こえない声《こえ》でたずねてくる。

「今日《きょう》だけ頼《たの》まれて……」

「来《く》るならオレにも言《い》っといてよ。知《し》ってたらもっと早《はや》く学校《がっこう》に来《き》たのに」

「はい、席着《せきつ》けー」

飛鳥《あすか》が拗《す》ねたように言《い》ったのと同時《どうじ》に、担任《たんにん》の先生《せんせい》が教室《きょうしつ》に入《はい》ってくる。

本当《ほんとう》に飛鳥《あすか》はいつも時間《じかん》ギリギリなんだから。

「席戻《せきもど》れよ」

由仁《ゆに》に言《い》われて不機嫌《ふきげん》になった飛鳥《あすか》だけど、すぐに笑顔《えがお》に変《か》わる。

「李珠《りず》ちゃん、あとで話《はな》そうね」

「へっ？」

いきなり耳元《みみもと》でささやかれるから、びっくりした。

「笠原《かさはら》」

由仁《ゆに》が低《ひく》い声《こえ》を出《だ》すけど、飛鳥《あすか》は気《き》にしていない様子《ようす》。

「またね～」

飛鳥《あすか》はへらっとした表情《ひょうじょう》で、自分《じぶん》の席《せき》へと行《い》った。

ほどなくして、学園祭《がくえんさい》の出《だ》し物《もの》についての話《はな》し合《あ》いがはじまる。

二年生《にねんせい》はステージでの出《だ》し物《もの》と決《き》まっているみたいで、話《はな》し合《あ》った結果《けっか》、劇《げき》になった。

男子校《だんしこう》の悪《わる》ノリなのか良《い》いノリなのか、演目《えんもく》は〝白雪姫《しらゆきひめ》〟に決定《けってい》。

「役割決《やくわりき》めのくじ作《つく》ったから並《なら》べー」

委員《いいん》の生徒《せいと》の言葉《ことば》で、みんなが教卓前《きょうたくまえ》に並《なら》ぶ。

わたしは由仁《ゆに》と一緒《いっしょ》に、いちばん後《うし》ろに並《なら》んだ。

「何《なに》がいいかな？　やっぱり大道具《おおどうぐ》かな？」

あ、でも莉斗《りと》が大道具《おおどうぐ》になったら壊《こわ》しちゃうかも。

それなら出番《でばん》の少《すく》なそうな役《やく》になったほうがいいのかな？

「ラクなのでいいよな」

「そんなのあるー？」

由仁《ゆに》と話《はな》しながら、くじを引《ひ》く順番《じゅんばん》を待《ま》つ。

「ゲッ」

「うおおおお」

前《まえ》の方《ほう》がいきなり盛《も》り上《あ》がるから気《き》になって、列《れつ》から横《よこ》に顔《かお》を出《だ》して前《まえ》を確認《かくにん》。

そこにはくじを引《ひ》いたらしい昴《すばる》が、嫌《いや》そうな顔《かお》をしていた。

「昴《すばる》が王子役《おうじやく》だ」

「島崎《しまさき》の王子《おうじ》いいじゃん。くくくっ」

「ぜってぇやだ」

「くじはぜったいでーす！」

昴《すばる》が王子様役《おうじさまやく》を引《ひ》いたんだ。昴《すばる》の王子様《おうじさま》、似合《にあ》ってるかもね。

でも想像《そうぞう》したら、わたしも少《すこ》し笑《わら》ってしまった。

……なんて、他人《たにん》を笑《わら》ったから自分《じぶん》に返《かえ》ってきたのかもしれない。

「あわわわわっ」

くじを開《ひら》いて、思《おも》わず変《へん》な声《こえ》が出《で》る。

「莉斗《りと》が白雪姫《しらゆきひめ》だ！」

「これは当《あ》たりの配役《はいやく》じゃね？」

周《まわ》りがテンション高《たか》く騒《さわ》いでいる。

莉斗《りと》、ごめん……。

と心《こころ》の中《なか》で謝《あやま》るけどすぐに、今日《きょう》来《こ》なかった莉斗《りと》が悪《わる》いなって開《ひら》き直《なお》る。

「は？　その役《やく》はやめとけ」

「由仁《ゆに》？」

「よくわかんねーことになるだろ」

「大丈夫《だいじょうぶ》。実際《じっさい》にやるのは莉斗《りと》だから」

「…………」

心配《しんぱい》なのか、由仁《ゆに》がじとっとした目《め》をわたしに向《む》ける。

「わたし、入《い》れ替《か》わりは今日《きょう》で最後《さいご》って約束《やくそく》してる。だから大丈夫《だいじょうぶ》だよ」

「……そうか」

たしかにわたしが演《えん》じるなら、男装《だんそう》して女装《じょそう》という、意味《いみ》がわからないことになる。

だけど、当日《とうじつ》は莉斗《りと》がやるからその心配《しんぱい》はない。

「由仁《ゆに》は何《なに》？」

「……小人《こびと》」

「ふっ」

「笑《わら》うな」

「だ、だって……あははっ」

思《おも》わず吹《ふ》き出《だ》したわたしに、由仁《ゆに》は拗《す》ねたような表情《ひょうじょう》をしたけどすぐに笑《わら》ってくれた。

「橋本《はしもと》が白雪姫《しらゆきひめ》？」

由仁《ゆに》と話《はな》していると、昴《すばる》が声《こえ》をかけてきた。

昴《すばる》と会《あ》うのも花火大会以来《はなびたいかいいらい》だ。

そのときは李珠《りず》の姿《すがた》だったけど、いまいるのがわたしだとは気《き》づいてなさそう。

「うん。昴《すばる》が王子様役《おうじさまやく》でしょ？　よろしくね」

「っ、おう。足引《あしひ》っぱんなよ」

「がんばる。昴《すばる》の王子様《おうじさま》コスプレ、楽《たの》しみだな」

「コスプレって言《い》い方《かた》やめろ。お前《まえ》は女装《じょそう》するのに」

「あはは」

昴《すばる》の言葉《ことば》を笑《わら》って流《なが》せば、いきなりじっと見《み》つめらて緊張《きんちょう》する。

「そういえば橋本《はしもと》って、ふたごなんだよな」

「え？　そうだけど」

「……李珠《りず》だっけ？　よく見《み》ればそっくり……」

昴《すばる》に怪《あや》しまれてる……っ!?

「莉斗《りと》ー!!　主役勝《しゅやくか》ち取《と》るとかウケるんだけど!!」

そう思《おも》って焦《あせ》った時《とき》、タイミングよく飛鳥《あすか》が声《こえ》をかけてきた。

「莉斗《りと》の白雪姫《しらゆきひめ》、楽《たの》しみだな!!　オレが白雪姫《しらゆきひめ》をさらう怪盗役《かいとうやく》でもしようかな」

「何《なに》それ〜」

飛鳥《あすか》がいつもの軽《かる》いノリで話《はな》すと、昴《すばる》は何《なに》も言《い》わなくなった。

「はい。全員《ぜんいん》決《き》まったので、劇《げき》に出《で》る人《ひと》と出《で》ない人《ひと》で分《わ》かれて今後《こんご》の流《なが》れを決《き》めてくれー」

委員《いいん》の生徒《せいと》の仕切《しき》りで、劇《げき》に出《で》るグループに参加《さんか》した。

それから練習日《れんしゅうび》や衣装《いしょう》調整《ちょうせい》などのだいたいの日《ひ》にちを決《き》めて、今日《きょう》は解散《かいさん》になった。

「オレも帰《かえ》る〜」

帰《かえ》ろうとするわたしの後《うし》ろを、飛鳥《あすか》が追《お》いかけてくる。

「大道具《おおどうぐ》はいまからさっそく作《つく》るんだよ。ぜったいサボらせないからな」

だけど、他《ほか》の大道具《おおどうぐ》の生徒《せいと》に捕《つか》まえられてしまった。

「莉斗《りと》〜!!　待《ま》って〜!!」

「飛鳥《あすか》、がんばれ」

飛鳥《あすか》は嫌《いや》がってるけどこればっかりは仕方《しかた》ないから、応援《おうえん》を込《こ》めて手《て》を振《ふ》った。

そのままずっと隣《となり》にいてくれた由仁《ゆに》と一緒《いっしょ》に学校《がっこう》を出《で》る。

「ふぅ……なんとか終《お》わった」

「ん」

「わたし、けっこう莉斗《りと》のフリに慣《な》れたかも」

「まだ危《あぶ》なっかしいけどな」

由仁《ゆに》とは莉斗《りと》のフリをしていないと、一緒《いっしょ》に学校生活《がっこうせいかつ》を過《す》ごせない。

李珠《りず》として、由仁《ゆに》と学校生活《がっこうせいかつ》を過《す》ごしてみたかったなぁ……。

「送《おく》る。どっかで着替《きが》える？　てか、着替《きが》えて」

「え？」

「李珠《りず》を送《おく》りたい」

たぶん由仁《ゆに》は、何気《なにげ》なく言《い》ったんだと思《おも》う。

だけどわたしにとったら、すごくうれしい言葉《ことば》だった。

莉斗《りと》のフリをしてるわたしではなく、わたし自身《じしん》がいいって意味《いみ》にとれたから。

「うん。すぐに着替《きが》える」

また駅《えき》の多目的《たもくてき》トイレで着替《きが》えて、李珠《りず》の姿《すがた》で由仁《ゆに》の前《まえ》に立《た》つ。

ちょっと照《て》れちゃうけど、わたしのまま由仁《ゆに》の隣《となり》を歩《ある》けることがすごくうれしい……。

「李珠《りず》」

「ん？」

家《いえ》に近《ちか》づいてきたところで、いきなり由仁《ゆに》が立《た》ち止《ど》まった。

まだ家《いえ》の前《まえ》ではないのに、どうしたんだろう？

わたしも立《た》ち止《ど》まって、背《せ》の高《たか》い由仁《ゆに》を見上《みあ》げる。

「これ、もらって」

そう言《い》って差《さ》し出《だ》されたのは、一枚《いちまい》の紙《かみ》で……。

「李珠《りず》に来《き》てほしい。一緒《いっしょ》に回《まわ》ろう」

受《う》け取《と》って見《み》てみると、それは学園祭《がくえんさい》の招待《しょうたい》チケットだった。

「ほんとに⁉　行《い》く！　ぜったいに行《い》く‼」

チケットに落《お》とした視線《しせん》を由仁《ゆに》に戻《もど》し、勢《いきお》いよく返事《へんじ》をした。

けどすぐに恥《は》ずかしくなって、視線《しせん》を横《よこ》に逸《そ》らす。

誘《さそ》われたことがうれしすぎて、ついテンションが上《あ》がっちゃったよ。

恥《は》ずかしすぎる……。

口《くち》をきゅっとして恥《は》ずかしさを感《かん》じていると、頭上《ずじょう》で「ふっ」と笑《わら》い声《ごえ》が聞《き》こえた。

「勢《いきお》いすご」

顔《かお》を上《あ》げれば、由仁《ゆに》が楽《たの》しそうに笑《わら》っていた。

恥《は》ずかしい、けど由仁《ゆに》が笑《わら》ってくれるからうれしい気持《きも》ちになる。

「えへへ……」

わたしも照《て》れを笑《わら》ってごまかす。

ふたりして笑《わら》うこの空間《くうかん》も、気恥《きは》ずかしい。

「楽《たの》しみにしてるね」

「ん、俺《おれ》も」

わたしの言葉《ことば》に同意《どうい》してくれる由仁《ゆに》。

由仁《ゆに》と回《まわ》る学園祭《がくえんさい》、本当《ほんとう》に楽《たの》しみ……!!

ドキドキの学園祭《がくえんさい》

「ひなちゃん、こっちだよ～」

「さすが李珠《りず》。場所《ばしょ》をよくわかってる」

「まぁね」

今日《きょう》は莉斗《りと》の通《かよ》う男子校《だんしこう》の学園祭《がくえんさい》の日《ひ》。

「チケットはありますか？」

「お願《ねが》いします」

校門《こうもん》に設置《せっち》された受付《うけつけ》でチケットを渡《わた》す。

わたしは由仁《ゆに》からもらったチケット、ひなちゃんは莉斗《りと》からもらったチケット。

莉斗《りと》はひなちゃんに、本気《ほんき》でアタックしてるみたい。

でもふたりで来《こ》れたのがすごくうれしいから、莉斗《りと》にも由仁《ゆに》にも感謝《かんしゃ》だね。

「ひなちゃん早《はや》く行《い》こう！」

「……あ、行《い》く行《い》く」

立《た》ち止《ど》まって動《うご》かなかったひなちゃんだけど、声《こえ》をかけると来《き》てくれた。

なんか、顔色《かおいろ》があんまりよくない？

「大丈夫《だいじょうぶ》？　体調悪《たいちょうわる》いの？」

「え？　大丈夫《だいじょうぶ》だよー。ちょっと暑《あつ》いなって思《おも》っただけ」

「たしかに、夏終《なつお》わったはずなのにまだ暑《あつ》いよね」

ひなちゃんと話《はな》しながら、校舎《こうしゃ》に向《む》かって歩《ある》く。

李珠《りず》の姿《すがた》でこの学校《がっこう》にいるの、すごく変《へん》な感《かん》じがするなぁ……。

「李珠《りず》ちゃん、来《き》てくれたんだね！」

わたしを呼《よ》ぶ声《こえ》が聞《き》こえて、そちらに顔《かお》を向《む》けた。

そこには飛鳥《あすか》がいるけど、周《まわ》りにはたくさんの女子《じょし》。

恋愛《れんあい》マンガのヒーローぐらい囲《かこ》まれている……!!

「劇《げき》、観《み》に行《い》くねー!!　楽《たの》しみにしてる!!」

「待《ま》って、李珠《りず》ちゃん……」

「飛鳥《あすか》、行《い》こうよ」

「つぎはあたしが隣《となり》に並《なら》ぶ」

たくさんの女子《じょし》に話《はな》しかけられている飛鳥《あすか》に手《て》を振《ふ》る。

「ひなちゃーん!!」

するとよく聞《き》き慣《な》れた大《おお》きな声《こえ》がして、思《おも》わずため息《いき》が出《で》てしまった。

「ひなちゃんひなちゃん!!」

「莉斗《りと》くん、こんにちは」

「ひなちゃんは今日《きょう》もかわいいね。めっちゃかわいい。来《き》てくれてありがとう」

「うん、こちらこそありがとう」

「ひなちゃんひなちゃん」

あぁ……身内《みうち》が子犬《こいぬ》みたいに尻尾《しっぽ》を振《ふ》っているのを見《み》るのは恥《は》ずかしい……。

ひなちゃんにデレデレしてる莉斗《りと》から目《め》を逸《そ》らす。

「じゃあひなちゃん、一緒《いっしょ》に回《まわ》ろう。どこでも案内《あんない》するよ」

「李珠《りず》も……」

「李珠《りず》はいいよな？　な？　由仁《ゆに》がいるもんな？　な？」

莉斗《りと》がわたしを見《み》たと思《おも》えば、ひなちゃんとふたりきりにしろっていう圧《あつ》がすごい。

「由仁《ゆに》と回《まわ》る約束《やくそく》してるから、ここで由仁《ゆに》を待《ま》つね。だからふたりで回《まわ》ってきなよ」

「よっしゃ！　じゃあな、李珠《りず》。ひなちゃん、行《い》こっか」

わたしとひなちゃんに向《む》けてで、声《こえ》まで変《か》わる莉斗《りと》。

恋《こい》をすると人《ひと》ってこんなに変《か》わるんだね。

「わかった。じゃ、劇《げき》の時間《じかん》にまた合流《ごうりゅう》しよ。榛名《はるな》くんと楽《たの》しんでね」

「うん。ひなちゃんも楽《たの》しんで」

笑顔《えがお》で手《て》を振《ふ》り合《あ》って、ひなちゃんを見送《みおく》る。

「お前《まえ》……李珠《りず》だっけ？」

由仁《ゆに》にいまいる場所《ばしょ》を連絡《れんらく》していると、急《きゅう》に名前《なまえ》を呼《よ》ばれた。

顔《かお》を上《あ》げたら昴《すばる》で、びっくりする。

「すばっ、島崎《しまさき》くんだよね？　李珠《りず》で合《あ》ってるよ。久《ひさ》しぶり。花火大会以来《はなびたいかいいらい》だね」

内心《ないしん》ドキドキしながら話《はなし》を続《つづ》ける。

昴《すばる》はまだわたしと莉斗《りと》が入《い》れ替《か》わっていたことを知《し》らない。

それにいまは李珠《りず》の姿《すがた》だから、ボロが出《で》ないようにしないと……！

「昴《すばる》でいい。変《へん》な感《かん》じだし」

「え？」

「その顔《かお》と声《こえ》で苗字《みょうじ》を呼《よ》ばれるの、違和感《いわかん》しかない」

「何《なに》それー？　じゃあ昴《すばる》って呼《よ》ぶね」

「おう」

返事《へんじ》をした昴《すばる》は、表情《ひょうじょう》をやわらかくする。

「昴《すばる》と莉斗《りと》が主役《しゅやく》の劇《げき》、観《み》に行《い》くね。すっごく楽《たの》しみ！」

「観《み》に来《こ》なくていい。ぜったいに来《く》んな」

「えー？」

すごく嫌《いや》そうな顔《かお》をする昴《すばる》に、思《おも》わず笑《わら》ってしまった。

「それで、李珠《りず》はひとりなのか？　ひとりならおれと……」

「由仁《ゆに》と回《まわ》る約束《やくそく》してるんだけど、まだ会《あ》えてなくて」

って、まだ昴《すばる》がしゃべってたよね？

なんか怪《あや》しまれてる感《かん》じがして、焦《あせ》って言葉《ことば》をかぶせちゃった……。

「ごめん、さっきなんて……」

「なんで榛名《はるな》と？」

「え？」

「李珠《りず》って花火大会《はなびたいかい》の時《とき》もずっと榛名《はるな》といたよな？　付《つ》き合《あ》ってんの？」

「えっ⁉」

わたしが言葉《ことば》をかぶせたことは気《き》にせず、逆《ぎゃく》に質問《しつもん》でかぶせられてしまった。

だけどその質問《しつもん》には、思《おも》わず顔《かお》が熱《あつ》くなる。

「つ、付《つ》き合《あ》ってないけど……」

「けど？」

好《す》き、なんて言《い》えるわけがない。

そんなの恥《は》ずかしすぎるし、まだ本人《ほんにん》に言《い》えてないことを他《ほか》の人《ひと》には言《い》えないよ。

「えっと……」

「よう、昴《すばる》！　って、あれ？　このかわいい子誰《こだれ》⁉」

なんて言《い》おうか迷《まよ》っていると、いきなり顔《かお》をのぞき込《こ》まれた。

「島崎《しまさき》の彼女《かのじょ》か？」

「超《ちょう》かわいい。てか、どっかで会《あ》ったことない？　見《み》たことある気《き》が……」

「お前《まえ》ナンパかよ。って、たしかにこの匂《にお》いとか覚《おぼ》えがあるな」

「匂《にお》いはキモイって。ヘンタイかよ」

この人《ひと》たち、莉斗《りと》のクラスメイトだ。

わたしが男子校《だんしこう》に潜入《せんにゅう》してたときに、一緒《いっしょ》に授業《じゅぎょう》を受《う》けてたから……。

「とりあえずさ、ひとりなら一緒《いっしょ》に回《まわ》ろうよ」

「えっ……ひゃっ」

「こいつは俺《おれ》と約束《やくそく》してるから」

男子《だんし》が手《て》を伸《の》ばしてきたけど、いきなり肩《かた》に手《て》を回《まわ》され引《ひ》き寄《よ》せられた。

そのおかげで、男子《だんし》の手《て》がわたしに届《とど》くことはなかった。

「由仁《ゆに》！」

顔《かお》を横《よこ》に向《む》ければ、わたしの肩《かた》を引《ひ》き寄《よ》せたのは由仁《ゆに》だった。

「待《ま》たせてごめん」

「ううん、ありがとう」

由仁《ゆに》の顔《かお》を見《み》れただけで、心臓《しんぞう》がトクトクと音《おと》を立《た》て始《はじ》める。

「痛《いた》いって昴《すばる》。離《はな》せよ」

その声《こえ》でそちらを見《み》れば、わたしに手《て》を伸《の》ばした人《ひと》の手《て》を昴《すばる》がつかんでいた。

助《たす》けようとしてくれたのかな……？

「榛名《はるな》と約束《やくそく》？　じゃあ、榛名《はるな》の彼女《かのじょ》？」

「どうやって知り合《しあ》ったんだ？」

「昴《すばる》とも知《し》り合《あ》いなんだよな？」

不思議《ふしぎ》そうに見《み》られるけど、これ以上《いじょう》いろいろ聞《き》かれても困《こま》る。

「わたしは橋本莉斗《はしもとりと》のふたごの姉《あね》です。莉斗《りと》がお世話《せわ》になってます」

「えぇぇぇぇ!?」

「莉斗《りと》ってふたごだったん!?　しかも女子《じょし》!?」

「たしかに顔《かお》はちょっと似《に》てるわ。性格《せいかく》はちがうけど」

「ねえ、もっと顔《かお》よく見《み》せて」

莉斗《りと》とふたごって言《い》えば、細《こま》かい関係性《かんけいせい》を聞《き》かれなくて済《す》むと思《おも》った。

だけど、逆《ぎゃく》に興味《きょうみ》を持《も》たれてしまった。

「えっと……」

「早《はや》くふたりきりになりたいんだけど」

「え……？」

「俺《おれ》らはもう行《い》くから。邪魔《じゃま》すんなよ」

反応《はんのう》に困《こま》っていると、由仁《ゆに》が肩《かた》に手《て》を回《まわ》したままそう言《い》った。

由仁《ゆに》の言葉《ことば》に驚《おどろ》いた男子《だんし》たちは、一歩後《いっぽあと》ずさってから何度《なんど》もうなずく。

だから由仁《ゆに》にうながされるまま、その場《ば》をあとにした。

「あの、由仁《ゆに》。来《き》てくれてありがとう」

「遅《おそ》くなって悪《わる》かった」

「ううん、会《あ》えてよかった。今日《きょう》を楽《たの》しみにしてたから」

「俺《おれ》も。じゃ、行《い》くか」


「うん……」

やわらかい表情《ひょうじょう》をする由仁《ゆに》だけど、わたしは変《へん》な顔《かお》になってると思《おも》う。

だって由仁《ゆに》が『ふたりきりになりたいんだけど』『邪魔《じゃま》すんなよ』とか言《い》うから。

あれはあの場《ば》を離《はな》れるための言葉《ことば》ってわかってるけど、ドキドキするに決《き》まってるよ。

この男子校《だんしこう》で、李珠《りず》として由仁《ゆに》と並《なら》んで歩《ある》けることもすごくうれしい。

「気《き》になるところある？」

「お化《ば》け屋敷《やしき》！　行《い》きたい!!」

「いーよ」

由仁《ゆに》がふっと笑《わら》って、わたしの行《い》きたい教室《きょうしつ》へと連《つ》れていってくれる。

遊園地《ゆうえんち》とかのお化《ば》け屋敷《やしき》は怖《こわ》いけど、学園祭《がくえんさい》のお化《ば》け屋敷《やしき》なら入《はい》れるかも！

なんて、軽《かる》い気持《きも》ちで言《い》ったのがばかだった……。

「こ、こわ……え？　こわっ……きゃ……っ⁉」

「ビビりすぎ」

「だって、怖《こわ》い……やっ……‼」

「ふっ」

学園祭《がくえんさい》のお化《ば》け屋敷《やしき》って、そんなに怖《こわ》くないと思《おも》っていた。

なのに、めちゃくちゃ怖《こわ》いじゃん……っ⁉

「あ、うしろ」

「きゃ――‼」

由仁《ゆに》の言葉《ことば》に怖《こわ》くなって、思《おも》わず抱《だ》きついた。

う、うしろを振《ふ》り向《む》けない……。

「くくっ……」

頭上《ずじょう》から笑《わら》いをこらえきれていない声《こえ》が聞《き》こえる。

ゆっくりと顔《かお》を上《あ》げると、薄暗《うすぐら》い中《なか》で由仁《ゆに》が顔《かお》をそらして口元《くちもと》を腕《うで》で押《お》さえていた。

「う、うしろには……？」

「なにもいない」

「ちょっと!!」

むっとして、由仁《ゆに》の肩《かた》を軽《かる》く叩《たた》く。

そんなわたしを笑《わら》ったあとに、叩《たた》いた手《て》をつかまれた。

「これで怖《こわ》くない？」

「え？」

「早《はや》く出《で》るか」

そう言《い》って歩《ある》き出《だ》した由仁《ゆに》は、わたしの手《て》をしっかりと握《にぎ》っている。

さっきまで怖《こわ》かったはずなのに、由仁《ゆに》に手《て》をつながれるとドキドキのほうが大《おお》きくなる。

このドキドキは怖《こわ》いからじゃなくて、ぜったい由仁《ゆに》へのドキドキだ……。

「ふう……怖《こわ》かったぁ……」

お化《ば》け屋敷《やしき》を出《で》て、息《いき》を深《ふか》く吐《は》く。

「でも、由仁《ゆに》のおかげでなんとかゴールできたね。ありがとう」

「すげー震《ふる》えてたよな」

「い、言《い》わないでよ……」

さっきの自分《じぶん》に恥《は》ずかしくなる。

だけど、由仁《ゆに》が楽《たの》しそうに笑《わら》うから、わたしもつられて笑《わら》ってしまった。


「そろそろ劇《げき》の時間《じかん》だよね？」

由仁《ゆに》といろいろな模擬店《もぎてん》を回《まわ》っていたら、あっという間《ま》に時間《じかん》が過《す》ぎた。

「わたしはひなちゃんと合流《ごうりゅう》して、劇《げき》を観《み》に行《い》くね。すっごい楽《たの》しみにしてる！」

「ん。ここにはいろんなやつがいるから気《き》をつけろよ」

「あはは、大丈夫《だいじょうぶ》だよ～」

わたしの言葉《ことば》を聞《き》いた由仁《ゆに》が、眉間《みけん》にしわを寄《よ》せた。

え、なんでそんな顔《かお》……？

不思議《ふしぎ》に思《おも》って首《くび》を傾《かし》げたとき、わたしのスマホが鳴《な》った。

「莉斗《りと》からだ。出《で》るね」

由仁《ゆに》に声《こえ》をかけてから、画面《がめん》をスライドさせてスマホを耳《みみ》にあてる。

「もしもし。莉斗《りと》？」

いつもならすぐにうるさい声《こえ》が聞《き》こえるのに、いまは聞《き》こえなくて不思議《ふしぎ》に思《おも》う。

『……ちゃんが』

「え？」

『ひなちゃんが体調悪《たいちょうわる》くなって、いま保健室《ほけんしつ》のベッドで……』

「え……」

やっと聞《き》こえたかと思《おも》えば弱々《よわよわ》しい声《こえ》の莉斗《りと》に、心臓《しんぞう》が大《おお》きくドクンと音《おと》を立《た》てた。

ひなちゃんの体調《たいちょう》が悪《わる》い？

そういえば今日会《きょうあ》ったときのひなちゃん、顔色《かおいろ》が悪《わる》かったような……。

「李珠《りず》？」

「わたしのせいだ。体調悪《たいちょうわる》そうにしてたのに、気《き》をつかってあげられなかった……」

「李珠《りず》！」

「わたしがもっとしっかりしてたら……」

「李珠《りず》!!」

いきなり大《おお》きな声《こえ》で名前《なまえ》を呼《よ》ばれ、肩《かた》をつかまれた。

ハッとして顔《かお》を上《あ》げると、まっすぐな由仁《ゆに》の瞳《ひとみ》とぶつかる。

「大丈夫《だいじょうぶ》だ。落《お》ち着《つ》け」

「由仁《ゆに》……」

「急《いそ》いで様子《ようす》を見《み》に行《い》くぞ」

「……うん」

パニックになりそうなわたしの頭《あたま》を、由仁《ゆに》が優《やさ》しくなでてくれる。

おかげで気持《きも》ちが少《すこ》し落《お》ち着《つ》いて、急《いそ》いで保健室《ほけんしつ》へ向《む》かうことができた。


「……ひなちゃん、ごめん……俺《おれ》が振《ふ》り回《まわ》したから……」

「ただの貧血《ひんけつ》だから大丈夫《だいじょうぶ》。私《わたし》も楽《たの》しくてはしゃいじゃったから」

保健室《ほけんしつ》にはベッドで横《よこ》になっているひなちゃんと、ベッド横《よこ》の椅子《いす》に座《すわ》っている莉斗《りと》。

「ひなちゃん……」

「あ、李珠《りず》。来《き》てくれたんだ」

「心配《しんぱい》で……ごめん、わたしが気《き》づけなかったから……」

「李珠《りず》のせいじゃないよ。ほんと、ふたごそろって自分《じぶん》のせいにしないでよ」

横《よこ》たわったまま笑《わら》ってくれるひなちゃんだけど、顔色《かおいろ》はよくない。

「ひなちゃん、わたし……」

「なんで泣《な》きそうになってるの。大《おお》げさだよ。もう薬《くすり》を飲《の》んだから大丈夫《だいじょうぶ》」

「でも……」

「ちょっと休《やす》めば元気《げんき》になるから。そんな顔《かお》されるほうがしんどいわ」

そう言《い》われても……。

ひなちゃんは、体調《たいちょう》を崩《くず》しやすいから心配《しんぱい》だもん……。

「莉斗《りと》ー、劇《げき》の時間《じかん》だから行《い》かねーと。……って、なんかやばい感《かん》じ？」

保健室《ほけんしつ》に飛鳥《あすか》が入《はい》ってくるけど、この空気《くうき》を感《かん》じとって顔色《かおいろ》を変《か》える。

「ごめん、俺《おれ》行《い》けない。ひなちゃんのそばにいたい」

「わたしがついてるから、莉斗《りと》は行《い》ってきて」

「でも、俺《おれ》がひなちゃんのそばにいたい……」

莉斗《りと》がかたくなにひなちゃんから離《はな》れようとしない。

だけど、莉斗《りと》は劇《げき》で主役《しゅやく》だから出《で》ないわけにはいかない。

「本当《ほんとう》に軽《かる》い貧血《ひんけつ》だから大丈夫《だいじょうぶ》だって」

「うん。でもそばにいたい」

「莉斗《りと》くん……」

莉斗《りと》の強《つよ》い想《おも》いに、ひなちゃんもどうしようか困《こま》っている。

「じゃあ、李珠《りず》ちゃんが代《か》わりに劇《げき》に出《で》てくれない？」

「……へ⁉　なんで⁉」

飛鳥《あすか》の提案《ていあん》に、驚《おどろ》いて声《こえ》が裏返《うらがえ》る。

「だってこんな莉斗《りと》を連《つ》れてっても、使《つか》いものにならないよ」

「いや、わたしもできないよ……」

「オレがセリフを教《おし》えるから大丈夫《だいじょうぶ》。ステージのすぐ前《まえ》でカンペ出《だ》してさ。オレ、今日《きょう》は撮影担当《さつえいたんとう》だからずっとそこにいるし」

「でも……」

そんなこと、できるわけない。

わたしもひなちゃんが心配《しんぱい》だし……。

「李珠《りず》、お願《ねが》いしていい？　莉斗《りと》くんの代《か》わりに劇《げき》に出《で》てほしい」

「ひなちゃん……？」

「あと笠原《かさはら》くんにもお願《ねが》い。その劇《げき》の映像《えいぞう》、あとでちょうだい」

「任《まか》せて」

「やった。李珠《りず》の白雪姫《しらゆきひめ》が見《み》れる」

うれしそうに笑《わら》ったひなちゃんに、何《なに》も言《い》えなくなる。

「ほら、時間《じかん》ないから行《い》くよ」

「わ、わかった」

覚悟《かくご》を決《き》めるしかない。

わたしはうなずいて、気合《きあ》いを入《い》れるためにひなちゃんと手《て》をパチンと合《あ》わせた。

「がんばれ」

「うん」

「李珠《りず》、頼《たの》むわ」

「莉斗《りと》こそ、ひなちゃんを頼《たの》むよ」

それだけ言《い》って、背《せ》を向《む》けて歩《ある》き出《だ》した。

由仁《ゆに》も心配《しんぱい》そうにしていたけど、この状況《じょうきょう》を見《み》たら止《と》めることもできなかったみたい。

制服《せいふく》もウィッグもないから、衣装《いしょう》を持《も》っていた飛鳥《あすか》から白雪姫《しらゆきひめ》の衣装《いしょう》を受《う》け取《と》る。

保健室《ほけんしつ》で着替《きが》えてから、劇《げき》をする体育館《たいいくかん》へと三人《さんにん》で急《いそ》いで向《む》かった。

体育館《たいいくかん》に着《つ》いたら、ちょうど開演時間《かいえんじかん》ですぐに劇《げき》ははじまった。

「鏡《かがみ》よ鏡《かがみ》、この国《くに》でいちばん美《うつく》しいのはだぁれ？」

「裏声《うらごえ》やばいね」

「おもしろ〜い」

見《み》ている人《ひと》たちの声《こえ》がステージ横《よこ》まで届《とど》く。

思《おも》ったよりも体育館《たいいくかん》は人《ひと》でいっぱいで、緊張《きんちょう》する……。

「おい莉斗《りと》、早《はや》く出《で》ねーと」

「え？　あ、もう⁉」

必死《ひっし》に台本《だいほん》を読《よ》んで、流《なが》れを頭《あたま》に叩《たた》き込《こ》んでいたら声《こえ》をかけられた。

とにかく出《で》るしかない……‼

ドキドキしながらステージに出《で》て、前《まえ》を向《む》く。

そこには言《い》っていたとおり、カメラを構《かま》えた飛鳥《あすか》がカンペでセリフを出《だ》してくれていた。

「か、狩人《かりうど》さん。こんにちは」

「白雪姫《しらゆきひめ》さま、こんにちは」

それを読《よ》みながら、なんとなくの雰囲気《ふんいき》で動《うご》きも入《い》れる。

「白雪姫《しらゆきひめ》、かわいくね？」

「何組《なんくみ》？　名前《なまえ》は？」

見《み》ている人《ひと》たちが何《なに》か言《い》っているけど、頭《あたま》に入《はい》ってこない。

いまは、なんとか劇《げき》を無事《ぶじ》に終《お》わらせなきゃという気持《きも》ちだけ。

たしか、つぎは由仁《ゆに》もいる小人《こびと》たちとのやりとりだよね。


「きゃ――――!!」


「かっこよすぎじゃない⁉」

「あの人《ひと》が、ウワサの榛名由仁《はるなゆに》くんだよね⁉」

小人《こびと》たちが登場《とうじょう》した瞬間《しゅんかん》、外部《がいぶ》から見《み》に来《き》た女子《じょし》たちがいっきに騒《さわ》ぎ出《だ》す。

それには胸《むね》がチクッと痛《いた》んだけど、いまは劇《げき》に集中《しゅうちゅう》しなきゃ……。

「白雪姫《しらゆきひめ》はここで一緒《いっしょ》に暮《く》らせばいいよ」

「そうだね。それがいい」

「いいよいいよ」

みんなで言《い》うセリフだけど、由仁《ゆに》は何《なに》も言《い》わずにわたしを見《み》ている。

その瞳《ひとみ》にドキッとして、カンペを見《み》るのを一瞬《いっしゅん》忘《わす》れてしまった。

けどそのあとはなんとか順調《じゅんちょう》に進《すす》み、毒《どく》りんごを食《た》べて倒《たお》れた白雪姫《しらゆきひめ》を王子様《おうじさま》が起《お》こすラストのシーン。

わたしは小人役《こびとやく》に囲《かこ》まれて、目《め》を閉《と》じている。

「きゃー、王子様《おうじさま》だ！」

「この王子様役《おうじさまやく》の人《ひと》もかっこよくない⁉」

「めちゃめちゃイケメン〜‼」

また女子《じょし》たちの声《こえ》が聞《き》こえて、昴《すばる》が出《で》てきたんだとわかる。

あとは王子様役《おうじさまやく》の昴《すばる》のキスで、目覚《めざ》めればいいだけ。

……キスって、もちろんフリだよね？

角度的《かくどてき》にキスしているように見《み》せるだけだよね？

「かわいそうな白雪姫《しらゆきひめ》」

昴《すばる》の声《こえ》がすぐ近《ちか》くで聞《き》こえたあと、わたしの頬《ほお》を優《やさ》しくなでられた。

ドキッとして、思《おも》わず目《め》を開《あ》けてしまう。

そのせいで、至近距離《しきんきょり》で昴《すばる》と目《め》が合《あ》った。

「え、あ……」

「あう……」

昴《すばる》もわたしも戸惑《とまど》って、言葉《ことば》にならない声《こえ》が出《で》る。

は、恥《は》ずかしすぎる……でも……。

覚悟《かくご》を決《き》めて強《つよ》く目《め》を閉《と》じると、ゆっくりと昴《すばる》が近《ちか》づいてきているのを感《かん》じた。

顔《かお》に息《いき》がかかる距離《きょり》まできて、心臓《しんぞう》が爆発《ばくはつ》しちゃいそう……。

「**んむ!?**」

けど、急《きゅう》に口元《くちもと》を手《て》でおおわれて、びっくりして再《ふたた》び目《め》を開《あ》けた。

それには昴《すばる》もびっくりしたような顔《かお》をしている。

わたしの口元《くちもと》を押《お》さえる手《て》を目《め》でたどれば、横《よこ》にいた小人役《こびとやく》の由仁《ゆに》で……。

「あ、」

由仁《ゆに》だとわかった瞬間《しゅんかん》、ステージの照明《しょうめい》が突然《とつぜん》消《き》えた。

「王子《おうじ》のキスで白雪姫《しらゆきひめ》は目覚《めざ》め、ふたりは結婚《けっこん》することになりました。そして幸《しあわ》せに暮《く》らしましたとさ。めでたしめでたし」

真《ま》っ暗《くら》な中《なか》、撮影担当《さつえいたんとう》だったはずの飛鳥《あすか》の声《こえ》が響《ひび》き、いきなり話《はなし》を終《お》わらせた。

その間《あいだ》に劇《げき》に出《で》ていたみんなは戸惑《とまど》いながらも、ステージに横一列《よこいちれつ》に並《なら》ぶ。

明《あか》るくなったときに、全員《ぜんいん》でお辞儀《じぎ》をして劇《げき》はなんとか終《お》わった。

最後《さいご》の由仁《ゆに》と飛鳥《あすか》はよくわからなかったけど、とりあえず終《お》わったことにホッとする。

「いきなり真《ま》っ暗《くら》になってビビったな」

「飛鳥《あすか》がなんとか終《お》わらせてくれて助《たす》かった」

「てか莉斗《りと》、マジでかわいいな」

「写真撮《しゃしんと》ろうぜ。てかそのカツラ、めっちゃ馴染《なじ》んでるな」

「え、あ……」

劇《げき》が終《お》わりステージ横《よこ》に行《い》けば、男子数人《だんしすうにん》に囲《かこ》まれた。バレたらやばい……。

「橋本《はしもと》」

焦《あせ》っていると、由仁《ゆに》がわたしの元《もと》に来《き》て、肩《かた》に手《て》を回《まわ》した。

「行《い》くぞ」

「あ、うん」

わたしは素直《すなお》に返事《へんじ》をする。

「ちょっ、待《ま》てって。まだ莉斗《りと》と……」

「あ？」

引《ひ》き止《と》めるような声《こえ》に対《たい》して、由仁《ゆに》が聞《き》いたこともないくらい低《ひく》い声《こえ》を出《だ》した。

「いや、なんでもないです……」

それには男子《だんし》も引《ひ》き下《さ》がってくれる。

バレないようにここまで協力《きょうりょく》してもらって、本当《ほんとう》に感謝《かんしゃ》しかないよ。

「由仁《ゆに》、ありが……え？」

「はぁ……ほんと、いろいろ無理《むり》だわ」

「え？」

体育館《たいいくかん》を出《で》て周《まわ》りに人《ひと》がいなくなったとき、由仁《ゆに》にいきなり抱《だ》きしめられた。

びっくりして固《かた》まるわたしだけど、由仁《ゆに》は抱《だ》きしめる力《ちから》を強《つよ》める。

心臓《しんぞう》がありえないほど、ドッドって音《おと》を立《た》てはじめた。

「由仁《ゆに》……？」

「……フリでもキスとか嫌《いや》だし、他《ほか》の男《おとこ》に触《ふ》れられてるのも無理《むり》すぎる」

「え？」

「というか、もう我慢《がまん》の限界《げんかい》。李珠《りず》も友達《ともだち》の心配《しんぱい》とか急《きゅう》な入《い》れ替《か》わりで混乱《こんらん》してるってわかってる」

「うん……？」

「でも、もう無理《むり》だ。こんな状況《じょうきょう》だけど言《い》っていい？」

「な、にを……」

抱《だ》きしめられていた腕《うで》がほどかれる。

やっと見《み》えた由仁《ゆに》の顔《かお》は、いままででいちばん真剣《しんけん》だった。

「李珠《りず》」

「はい」

「**俺《おれ》、李珠《りず》のことが……**」

「橋本《はしもと》!!」

由仁《ゆに》が何《なに》かを言《い》おうとしたのに、それはわたしを呼《よ》ぶ声《こえ》によってさえぎられた。

そちらを向《む》くと、昴《すばる》が走《はし》って近《ちか》づいてきている。

「昴《すばる》、どうしたの？」

「マイク、つけたまんまだろ」

「あ、ほんとだ」

「これ、返《かえ》してつぎに渡《わた》さないといけないやつだから。おれが返《かえ》しにいく」

「わかった」

返事《へんじ》をして、急《いそ》いで胸元《むなもと》のマイクを外《はず》そうとする。

「あと榛名《はるな》、担任《たんにん》が呼《よ》んでる。すぐに来《こ》いって」

「無理《むり》」

「無理《むり》じゃなくて……」

「榛名《はるな》ー!!」

タイミングがいいのか悪《わる》いのか、担任《たんにん》の先生《せんせい》が由仁《ゆに》を呼《よ》ぶ声《こえ》が聞《き》こえた。

「チッ……ここで待《ま》ってて」

「あ、うん。待《ま》ってる」

不機嫌《ふきげん》な顔《かお》になった由仁《ゆに》だけど、わたしにはやさしい表情《ひょうじょう》を向《む》けてくれた。

うなずいて由仁《ゆに》を見送《みおく》る。

由仁《ゆに》、さっきは何《なに》を言《い》おうとしたんだろう……?

「マイク」

「あ、どうぞ。お願《ねが》いします」

マイクを外《はず》して、手《て》を出《だ》した昴《すばる》の上《うえ》にのせる。

けどマイクをのせるだけのつもりが、わたしの手《て》と一緒《いっしょ》に握《にぎ》られた。

「昴《すばる》……？」

「おまえ、橋本《はしもと》だよな？」

「え？　もちろんそうだけど……」

突然《とつぜん》の質問《しつもん》に意味《いみ》がわからなくて、昴《すばる》をじっと見《み》る。

「どっちの？」

「え……」

昴《すばる》、もしかして気《き》づいてるの……？

「……なに言《い》ってんの。莉斗《りと》だよ」

「ふぅん」

わたしをまっすぐに見《み》る昴《すばる》の瞳《ひとみ》は強《つよ》く、でも少《すこ》し揺《ゆ》れていた。

「まぁ、どっちでもいいや」

「わっ……」

いきなり握《にぎ》られた手《て》を引《ひ》っ張《ぱ》られる。

その勢《いきお》いで、わたしは前《まえ》のめりになり昴《すばる》の肩《かた》に顔《かお》をぶつけた。

「**好《す》きだ**」

「……え？」

「おまえのことが好《す》きだ」

「っ……」

昴《すばる》の少《すこ》しかすれた声《こえ》が耳《みみ》に届《とど》く。

びっくりしすぎて呼吸《こきゅう》も忘《わす》れるけど、なんとか声《こえ》を絞《しぼ》り出《だ》す。

「な、に言《い》って……俺《おれ》は……」

「返事《へんじ》はまだいい」

昴《すばる》はそう言《い》って、わたしから体《からだ》を離《はな》す。

そのときに見《み》えた昴《すばる》の顔《かお》は、真剣《しんけん》そのものだった。

「じゃあ」

わたしの言葉《ことば》を聞《き》かないためにか、昴《すばる》は逃《に》げるようにこの場《ば》を去《さ》っていく。

い、いまのって……。

「みーちゃった」

「ひやっ……」

昴《すばる》が走《はし》っていく後《うし》ろ姿《すがた》を見《み》ていると、いきなり耳元《みみもと》で声《こえ》が聞《き》こえてびっくりする。

バッとそちらに顔《かお》を向《む》ければ飛鳥《あすか》だった。

声《こえ》の明《あか》るさから笑《わら》っているのかと思《おも》ったけど、飛鳥《あすか》は笑《わら》っていなかった。

「飛鳥《あすか》？」

「はぁ……先越《さきこ》されちゃったなぁ」

「え？」

「オレも、李珠《りず》ちゃんのことが好《す》きなんだけど」

「……え？」

飛鳥《あすか》がわたしのことを……？

「ごめん、混乱《こんらん》するよね」

「……うん」

「でも、本気《ほんき》だから。オレのことも考《かんが》えといて。返事《へんじ》はまた今度《こんど》で」

少《すこ》し切《せつ》なそうな表情《ひょうじょう》をして、そのままわたしに背《せ》を向《む》ける。

ま、待《ま》って……理解《りかい》が追《お》いつかないよ……。

昴《すばる》に告白《こくはく》されて混乱《こんらん》してるのに、飛鳥《あすか》にも告白《こくはく》されるなんて……。

だけど、わたしの気持《きも》ちは……。

「飛鳥《あすか》、待《ま》って！」

歩《ある》いていく後《うし》ろ姿《すがた》に声《こえ》をかけると、足《あし》を止《と》めてくれた。

「どうしたの？」

「返事《へんじ》、させてほしい」

「……また今度《こんど》でって言《い》ったのに」

「でも、いま聞《き》いてほしい」

振《ふ》り返《かえ》ってわたしを見《み》る飛鳥《あすか》の顔《かお》は、なんだか泣《な》きそうで胸《むね》がぎゅっとなった。

「飛鳥《あすか》、ごめん。わたし、他《ほか》に好《す》きな人《ひと》がいる」

「…………」

「だから、飛鳥《あすか》の気持《きも》ちには応《こた》えられない」

飛鳥《あすか》のことは好《す》きだけど、それは友達《ともだち》としての好《す》き。

恋《こい》をしている相手《あいて》は別《べつ》にいて、それは変《か》わらないから……。

「つ、ごめんね」

鼻《はな》の奥《おく》がツーンとして涙《なみだ》が出《で》そうになるけど、ぐっとこらえる。

気持《きも》ちに応《こた》えられないって、すごく胸《むね》が痛《いた》くなるんだね……。

「オレ、本気《ほんき》で李珠《りず》ちゃんが好《す》きだよ」

「……うん、ありがとう」

「だから、いつでもウェルカムだよ。泣《な》かされたらオレのとこにおいで」

「え……」

「まぁ、李珠《りず》ちゃんが幸《しあわ》せなのがいちばんだけど」

飛鳥《あすか》のその言葉《ことば》に顔《かお》を上《あ》げる。

飛鳥《あすか》にしては、すごく不器用《ぶきよう》な笑顔《えがお》だった。

これは飛鳥《あすか》のやさしさなんだよね。

そのやさしさに応《こた》えるために、わたしも笑顔《えがお》を作《つく》ってうなずいた。

「李珠《りず》、ごめん。待《ま》たせたな」

その場《ば》にしゃがみ込《こ》んでいると、頭上《ずじょう》から由仁《ゆに》の声《こえ》が聞《き》こえた。

顔《かお》を上《あ》げて由仁《ゆに》を見《み》ると、いつもどおりの表情《ひょうじょう》で少《すこ》し安心《あんしん》する。

「ううん、おつかれさま」

「着替《きが》えに行《い》くか」

「うん」

ゆっくりと立《た》ち上《あ》がり、由仁《ゆに》と一緒《いっしょ》に保健室《ほけんしつ》へ向《む》かう。

その間《あいだ》、なんとなく気《き》まずくてしゃべることができなかった。

「失礼《しつれい》します」

声《こえ》をかけながら保健室《ほけんしつ》に入《はい》るけど、返事《へんじ》はない。

莉斗《りと》もひなちゃんもいなかったから、急《いそ》いでスマホを確認《かくにん》する。

ひなちゃんが回復《かいふく》したから、莉斗《りと》が家《いえ》まで送《おく》るっていうメッセージが入《はい》っていた。

ひなちゃんが少《すこ》しでも元気《げんき》になったのならよかった。

そう思《おも》いながら、わたしはベッドのカーテンを閉《し》めて着替《きが》える。

着替《きが》えながらも考《かんが》えるのは、さっきのふたりの告白《こくはく》のこと。

「……李珠《りず》」

「っ、なに？」

着替《きが》えているといきなり名前《なまえ》を呼《よ》ばれるから、びっくりして肩《かた》が跳《は》ね上《あ》がる。

まさか着替《きが》え中《ちゅう》に話《はな》しかけられるなんて思《おも》っていなかった。

「……返事《へんじ》、どうしたの」

「え？」

「告白《こくはく》されたんだろ？」

「つ、由仁《ゆに》も見《み》てたの？」

「いや、見《み》てないけど李珠《りず》の様子《ようす》がおかしいから。それに、島崎《しまさき》と笠原《かさはら》とすれ違《ちが》ったときの顔《かお》も、いつもとちがったし」

「……そっか。昴《すばる》には返事《へんじ》ができてない。まだいいって言《い》われてできなかった」

白雪姫《しらゆきひめ》の衣装《いしょう》から、着《き》てきた私服《しふく》に着替《きが》え終《お》わる。

カーテン一枚《いちまい》をへだてて話《はな》す内容《ないよう》は、苦《にが》くて切《せつ》なくて胸《むね》がぎゅっとなる。

いま、由仁《ゆに》はどんな顔《かお》をしてるんだろう？

わたしもどんな顔《かお》をしているんだろう？

見《み》られたくないな。もう少《すこ》し気持《きも》ちを整《ととの》えてから……。

「入《はい》るぞ」

「え？　ひやっ……」

勢《いきお》いよくカーテンが開《ひら》かれて、心臓《しんぞう》が飛《と》び出《だ》しそうになる。

まだ心《こころ》の準備《じゅんび》ができてないのに……。

「あの、由仁《ゆに》。わっ……」

入《はい》ってきたと思《おも》えば、いきなり抱《だ》きしめられる。

由仁《ゆに》の力強《ちからづよ》い腕《うで》は少《すこ》し痛《いた》くて、いつもの由仁《ゆに》じゃないみたい。

「……俺《おれ》がいちばんに言《い》いたかったのに」

「ゆ、由仁《ゆに》？」

「……李珠《りず》が俺以外《おれいがい》の男《おとこ》といるところを見《み》たくない」

「由仁《ゆに》」

「……李珠《りず》の隣《となり》にいられるのは、俺《おれ》だけがいいって思《おも》ってる」

わたしの肩《かた》に顔《かお》をうずめて話《はな》すから、何《なに》を言《い》っているのかイマイチ聞《き》き取《と》れない。

だけど強《つよ》く抱《だ》きしめられているわたしよりも、なぜだか由仁《ゆに》のほうが苦《くる》しそう……。

「由仁《ゆに》、顔《かお》を見《み》て話《はな》したい」

そう言《い》って軽《かる》く肩《かた》を押《お》すと、ゆっくりと離《はな》れた。

そして真剣《しんけん》な瞳《ひとみ》とぶつかる。

「李珠《りず》、俺《おれ》は……」

「なぁ、二年一組《にねんいちくみ》の白雪姫役《しらゆきひめやく》のやつってだれ？」

「あー、超《ちょう》かわいかったよな。見《み》つけてぇー」

「おまえら！　せっかく他校《たこう》の女子《じょし》がたくさん来《き》てたのに、男子《だんし》を探《さが》してどうすんだ!!」

「でもかわいかったよな？」

「まぁ、あれはかわいい。付《つ》き合《あ》いたい」

由仁《ゆに》の声《こえ》をかき消《け》すくらい大《おお》きな声《こえ》が廊下《ろうか》から聞《き》こえる。

その会話《かいわ》の内容《ないよう》に、ドキッとした。

わ、わたしのこと……？

「とりあえず、ばんそうこうをもらってから探《さが》そうぜ」

え、入《はい》ってくる!?

「由仁《ゆに》、わたしバレないうちに帰《かえ》るね」

焦《あせ》って由仁《ゆに》に伝《つた》える。

劇《げき》には素顔《すがお》で出《で》ちゃったから、いま会《あ》ったらバレる可能性《かのうせい》がある。

ここに白雪姫《しらゆきひめ》の衣装《いしょう》もあるし、見《み》られたら終《お》わりだ。

「そこの窓《まど》から裏門《うらもん》へ行《い》けるから」

「ごめんね。また話《はな》そうね」

由仁《ゆに》に手《て》を振《ふ》って、窓《まど》から外《そと》に出《で》る。

ほんとは由仁《ゆに》が言《い》いかけた言葉《ことば》が気《き》になるけど、いまはバレないことが最優先《さいゆうせん》。

誰《だれ》にも会《あ》わないように校舎《こうしゃ》を出《で》て、家《いえ》に帰《かえ》った。

いますぐ会《あ》いたくて

学園祭《がくえんさい》のあとから、ずっと思《おも》っていること。

いますぐ由仁《ゆに》と会《あ》って話《はな》したい。

だけどその前《まえ》に、しなきゃいけないこともある。

意《い》を決《けっ》して、わたしはスマホを操作《そうさ》してある人物《じんぶつ》のトーク画面《がめん》を開《ひら》いた。


「おま、バカじゃねーの!!」

「莉斗《りと》にバカって言《い》われる日《ひ》がくるなんてね」

「マジでバカだろ。ほんとバレたら……」

「だからバレないようにしてるんじゃんっ」

平日《へいじつ》の早朝《そうちょう》、わたしは莉斗《りと》に変装《へんそう》して、莉斗《りと》と入《い》れ替《か》わり作戦《さくせん》を実行《じっこう》している。

寮《りょう》を抜《ぬ》け出《だ》すのは難《むずか》しいから、学校《がっこう》に行《い》く時《とき》に入《い》れ替《か》わることにした。

昨日《きのう》の夜《よる》、莉斗《りと》にこの作戦《さくせん》をメッセージで伝《つた》えたんだ。

「莉斗《りと》ありがとう。これで入《い》れ替《か》わりは本当《ほんとう》に最後《さいご》だから」

「おう。後悔《こうかい》すんなよ」

「うん！　がんばってくるね!!」

莉斗《りと》と裏門《うらもん》で話《はな》して、バレないようにわたしが学校《がっこう》へ行《い》く。

まさか、自分《じぶん》からこんなことをするなんて思《おも》わなかったな……。

莉斗《りと》になりきり、堂々《どうどう》と校舎《こうしゃ》へ入《はい》り教室《きょうしつ》へと向《む》かった。

「莉斗《りと》、おっはー」

「今日早《きょうはや》いな！」

教室《きょうしつ》に入《はい》ると、すぐにクラスの男子《だんし》が声《こえ》をかけてくる。

「おはよー。たまには俺《おれ》も早《はや》いし」

それを莉斗《りと》のように明《あか》るく返《かえ》してから、席《せき》へと行《い》く。

「……なんか、今日《きょう》はかわいい」

「たまにあるかわいい日《ひ》だ」

男子《だんし》がなにか言《い》っていたけど、わたしの頭《あたま》の中《なか》はちがうことでいっぱい。

……来《き》た。

教室《きょうしつ》の前《まえ》のドアから入《はい》ってきた昴《すばる》を見《み》て、椅子《いす》から立《た》ち上《あ》がり昴《すばる》の元《もと》へ。

「昴《すばる》」

「お、おう。なんだ？」

いきなりわたしが話《はな》しかけたから、驚《おどろ》いた表情《ひょうじょう》をする。

「……話《はな》したいから、昼休《ひるやす》み少《すこ》しいい？」

「……わかった」

それだけでなんの話《はなし》かわかったのか、昴《すばる》の表情《ひょうじょう》が真剣《しんけん》になる。

由仁《ゆに》と話《はな》したい。だけどその前《まえ》に、わたしは昴《すばる》と話《はな》さないといけない。

昴《すばる》と約束《やくそく》をしてから席《せき》に戻《もど》るも、由仁《ゆに》はまだ来《き》ていなかった。

由仁《ゆに》は家《いえ》の用事《ようじ》で休《やす》みらしく、隣《となり》にいないさみしさを感《かん》じながら時間《じかん》は過《す》ぎて昼休《ひるやす》み。

授業中《じゅぎょうちゅう》に心《こころ》の準備《じゅんび》はしておいた。

よし……！　覚悟《かくご》を決《き》めて立《た》ち上《あ》がり、昴《すばる》の席《せき》へ行《い》く。

「昴《すばる》、いい？」

「……おう」

昴《すばる》に声《こえ》をかけると、ゆっくりと立《た》ち上《あ》がった。

そしてふたりで教室《きょうしつ》を出《で》て廊下《ろうか》を歩《ある》き、ひとけのない空《あ》き教室《きょうしつ》に来《き》た。

「時間《じかん》つくってくれてありがとう」

「おう」

「話《はなし》なんだけど、まずは謝《あやま》りたくて……」

そう言《い》いながら、周《まわ》りに誰《だれ》もいないことを確認《かくにん》してからウィッグをとる。

ボサボサの髪《かみ》を直《なお》して、李珠《りず》の姿《すがた》に戻《もど》した。

「だますようなことしてごめん。何回《なんかい》か、わたしと莉斗《りと》は入《い》れ替《か》わってた」

わたしの姿《すがた》を見《み》た昴《すばる》は、特《とく》に驚《おどろ》いたような表情《ひょうじょう》もしなかった。

「やっぱりな」

むしろ腑《ふ》に落《お》ちたような表情《ひょうじょう》。

「別人《べつじん》ってほどちがうときがあった。てか、別人《べつじん》じゃないとおかしいと思《おも》ってたから」

「そうだよね。でもふたりにしかバレてなかったんだよ」

「バカばっかだからな。まぁ、おれもか……」

そう言《い》って笑《わら》う昴《すばる》だけど、顔《かお》は引《ひ》きつっている。

「でも、李珠《りず》に会《あ》えたからよかった。おれが好《す》きになったのは李珠《りず》だから」

「…………」

「……返事《へんじ》、聞《き》かせにきてくれたんだよな」

「……うん」

うなずくと昴《すばる》の瞳《ひとみ》が大《おお》きく揺《ゆ》れた。

……すごく心《こころ》が苦《くる》しい。

昴《すばる》は本当《ほんとう》にいい人《ひと》だし、わたしは好《す》きだった。

でもそれは飛鳥《あすか》と同《おな》じで、恋愛的《れんあいてき》な意味《いみ》の好《す》きにはならない。

「ごめんなさい。好《す》きな人《ひと》がいるから、昴《すばる》の気持《きも》ちには応《こた》えられないです」

昴《すばる》に深《ふか》く頭《あたま》を下《さ》げる。

気持《きも》ちを受《う》け取《と》れないことが苦《くる》しくて、涙《なみだ》が込《こ》みあげてくるけど我慢《がまん》する。

「顔《かお》上《あ》げろ」

昴《すばる》がわたしに一歩《いっぽ》近《ちか》づいて、すごくやさしい声《こえ》で言《い》ってくれる。

ゆっくりと顔《かお》を上《あ》げたら、表情《ひょうじょう》まですごくやさしかった。

「わかってた。だから、そんな顔《かお》すんな」

「っ……」

「おれは李珠《りず》の一生懸命《いっしょうけんめい》なところや笑顔《えがお》に惹《ひ》かれたから、ずっと笑《わら》ってろ」

「昂《すばる》、ありがとう……」

こんなやさしい人《ひと》に出会《であ》えて、わたしもよかったって心《こころ》から思《おも》うよ。

「なんでお礼《れい》を言《い》うんだよ。じゃ、がんばれよ」

「うん」

「おれは少《すこ》しここに残《のこ》るから、早《はや》く変装《へんそう》して戻《もど》れ」

「っ、うん。じゃあね」

「おう」

ありがとう――と口《くち》には出《だ》さず、心《こころ》の中《なか》でもう一度《いちど》昂《すばる》に言《い》ってから教室《きょうしつ》を出《で》る。

昴《すばる》も笑顔《えがお》で送《おく》り出《だ》してくれた。

空《あ》き教室《きょうしつ》のドアを閉《し》めて、昴《すばる》との話《はなし》は終《お》わる。


「……あー、くそ……」


閉《し》めたドアの向《む》こうで昴《すばる》の声《こえ》が聞《き》こえた。

下唇《したくちびる》をぐっとかんで、込《こ》み上《あ》げてくるいろいろな感情《かんじょう》を抑《おさ》え込《こ》み歩《ある》き出《だ》した。


すべての授業《じゅぎょう》を終《お》えて、寮《りょう》に行《い》くけど由仁《ゆに》の姿《すがた》はない。

食堂《しょくどう》でご飯《はん》を食《た》べてから部屋《へや》に戻《もど》ると、すでに電気《でんき》が消《け》されて真《ま》っ暗《くら》だった。

いつのまにか由仁《ゆに》が帰《かえ》ってきていて、もうベッドで寝《ね》ているみたい。

「……由仁《ゆに》、起《お》きてる？」

下《した》からベッドに向《む》かって声《こえ》をかける。

心臓《しんぞう》がすごく速《はや》く脈打《みゃくう》って、口《くち》から飛《と》び出《だ》しちゃいそう。

今日《きょう》いちばんの緊張《きんちょう》……。

「話《はな》したいことがあるんだけど……」

「……李珠《りず》？　なんでいんの？」

驚《おどろ》いたような言葉《ことば》のあと、ベッドがギシッと音《おと》を立《た》てた。

そのまま影《かげ》が動《うご》いて、ベッドから由仁《ゆに》が降《お》りてくる。

由仁《ゆに》が電気《でんき》をつけて、明《あか》るい部屋《へや》で向《む》かい合《あ》った。

「由仁《ゆに》に会《あ》いたすぎて我慢《がまん》できなくなったから、会《あ》いに来《き》ちゃった」

わたしの言葉《ことば》を聞《き》いた由仁《ゆに》が、手《て》を伸《の》ばしてわたしを抱《だ》きしめる。

「**俺《おれ》も、会《あ》いたかった**」

耳元《みみもと》でささやかれる言葉《ことば》に、ドキドキしながらも由仁《ゆに》の背中《せなか》に手《て》を回《まわ》す。

「由仁《ゆに》と話《はな》したいことがあるの。聞《き》きたいこともあるの」

するとゆっくり体《からだ》が離《はな》され、もう一度《いちど》顔《かお》を合《あ》わせた。

由仁《ゆに》の熱《ねつ》っぽい視線《しせん》に見《み》つめられて、心臓《しんぞう》がバクバクとうるさい。

「じゃあ、俺《おれ》から話《はな》していい？」

「うん」

わたしもまっすぐに由仁《ゆに》を見《み》る。

「**好《す》きだ**」

今度《こんど》はしっかりとわたしの元《もと》まで届《とど》いた。

由仁《ゆに》の強《つよ》くてやさしい声《こえ》で、まっすぐなセリフが。

「李珠《りず》が好《す》きだ。たぶん、李珠《りず》が思《おも》ってるよりもずっと」

その言葉《ことば》がうれしすぎて、思《おも》わず涙腺《るいせん》がゆるむ。

そんなわたしの頬《ほお》をやさしくなでてくれた。

「……わたしも」

「…………」

「わたしも、由仁《ゆに》が好《す》き。大好《だいす》き」

ぜったいに真《ま》っ赤《か》だけど、顔《かお》を逸《そ》らさずにまっすぐ伝《つた》える。

初《はじ》めての告白《こくはく》に、心臓《しんぞう》が壊《こわ》れちゃいそう……。

「こうして会《あ》いにきちゃうくらい由仁《ゆに》が好《す》き。一秒《いちびょう》でも早《はや》く会《あ》いたいって思《おも》っちゃうくらい、由仁《ゆに》が大好《だいす》きだよ」

「ふ、わかった。でも俺《おれ》の方《ほう》が好《す》き」

わたしも好《す》きの大《おお》きさを伝《つた》えようとするのに、由仁《ゆに》は当然《とうぜん》のようにそう言《い》った。

どうしよう、ドキドキしすぎておかしくなりそう……。

「李珠《りず》、これからも俺《おれ》と一緒《いっしょ》にいてくれる？」

「っ、うん！　一緒《いっしょ》にいたい!!」

「じゃあもう、李珠《りず》は俺《おれ》の彼女《かのじょ》」

見《み》たことないくらい満面《まんめん》な笑顔《えがお》の由仁《ゆに》に、もう心臓《しんぞう》はおかしくなった。

「うん、わたしは由仁《ゆに》の彼女《かのじょ》。由仁《ゆに》はわたしの彼氏《かれし》だね」

「そうだな」

まだ由仁《ゆに》の笑顔《えがお》を見《み》たいのに、再《ふたた》び抱《だ》きしめられた。

だけどこのあたたかさに、幸《しあわ》せを感《かん》じる。

両想《りょうおも》いになったことが現実《げんじつ》なのだと教《おし》えてくれている。

「週末《しゅうまつ》、ふたりでどっか行《い》こう」

「デート？」

「うん」

「初《はつ》デートだ。楽《たの》しみ!!」

「俺《おれ》も、楽《たの》しみ」

同《おな》じように返《かえ》してくれた由仁《ゆに》は、抱《だ》きしめる力《ちから》を強《つよ》くした。

その気持《きも》ちに負《ま》けないように、わたしもぎゅっと抱《だ》きしめた。

これからもっと

「俺《おれ》が代《か》わりに行《い》こうか？　入《い》れ替《か》わろうぜ」

「バカなこと言《い》わないでよ」

「あーいいな。デートか」

その単語《たんご》に、顔《かお》がボッと熱《あつ》くなる。

それを見《み》た莉斗《りと》が、ニヤニヤした表情《ひょうじょう》を向《む》けてきた。

「楽《たの》しんでこいよ」

「うん。行《い》ってきます」

今日《きょう》は由仁《ゆに》と初《はつ》デートの日《ひ》。

由仁《ゆに》が初恋《はつこい》だから、付《つ》き合《あ》うのももちろん初《はじ》めて。

どうすればいいのかわからないけど、由仁《ゆに》に会《あ》えるのはすごくうれしいなぁ……。

お気《き》に入《い》りのワンピースを揺《ゆ》らしながら、早《はや》めに待《ま》ち合《あ》わせの場所《ばしょ》へ行《い》く。

「由仁《ゆに》！」

「李珠《りず》、早《はや》いな」

「由仁《ゆに》のほうが早《はや》いよ。びっくりした。わたしが待《ま》ちたかったのに……」

「ははっ、勝《か》った」

そう言《い》って笑《わら》う由仁《ゆに》に、心臓《しんぞう》がトクンと音《おと》を立《た》てる。

……ずるいなぁ。まだ待《ま》ち合《あ》わせただけなのに、かっこよすぎるよ……!!

「行《い》くか」

当然《とうぜん》のように手《て》をつながれてドキドキする。

わたし、由仁《ゆに》の彼女《かのじょ》になったんだ。

あらためてそう実感《じっかん》できて、胸《むね》がいっぱいになった。

「まずは映画《えいが》だよな？」

「うん！」

事前《じぜん》に映画《えいが》を観《み》に行《い》こうって決《き》めていた。

彼氏《かれし》と初《はつ》デートで映画《えいが》を観《み》るって、恋愛《れんあい》マンガみたいで憧《あこが》れだったから。

由仁《ゆに》と叶《かな》えられるなんて、うれしくて頬《ほお》がゆるんで仕方《しかた》ない。

そんなわたしを見《み》た由仁《ゆに》も、やさしく微笑《ほほえ》んでくれた。

「映画《えいが》はこれか？」

「え？　どうしてわかったの？」

映画館《えいがかん》に着《つ》くと、わたしが観《み》たい映画《えいが》を一発《いっぱつ》で当《あ》てられた。

恋愛《れんあい》マンガ原作《げんさく》の、超人気《ちょうにんき》のモテ男子《だんし》と片想《かたおも》いから始《はじ》まるピュアラブストーリー。

この原作《げんさく》がだいすきで、映画《えいが》になるって知《し》って観《み》たかったんだ。

「李珠《りず》のことだから」

「つ、ずるい……」

わたしのことだからわかるってこと？

ほんと、由仁《ゆに》にドキドキしっぱなしで心臓《しんぞう》もたないよ……。

「由仁《ゆに》はこの映画《えいが》でいいの？」

「いいよ。李珠《りず》が観《み》たいものを観《み》たい」

「ありがとうっ！」

うれしくて少《すこ》し声《こえ》が大《おお》きくなった。

恥《は》ずかしくて顔《かお》が熱《あつ》くなるけど、由仁《ゆに》はやさしく笑《わら》ってくれた。

どこが観《み》やすいかなって相談《そうだん》しながら座席《ざせき》をとり、時間《じかん》になったら一緒《いっしょ》に入《はい》る。

由仁《ゆに》の隣《となり》に座《すわ》るのは、莉斗《りと》と入《い》れ替《か》わって男子校《だんしこう》へ行《い》き授業《じゅぎょう》を受《う》けたときだけ。

これからは入《い》れ替《か》わって男子校《だんしこう》へ行《い》かなくても、由仁《ゆに》の隣《となり》に座《すわ》れるんだね。

「どうした？」

「ううん、なんでもないよ」

思《おも》わず由仁《ゆに》をじっと見《み》てしまい、由仁《ゆに》が不思議《ふしぎ》そうにした。

いまが幸《しあわ》せすぎて、ずっと胸《むね》が高鳴《たかな》ってるよ。

映画《えいが》がはじまるとスクリーンに集中《しゅうちゅう》、したいのに由仁《ゆに》が隣《となり》にいるとできない。

たまに由仁《ゆに》を盗《ぬす》み見《み》ると、わたしの視線《しせん》に気《き》づいて見《み》つめ返《かえ》される。

そんな由仁《ゆに》がかっこよくて、わたしは映画《えいが》ではなく由仁《ゆに》にばかりきゅんとしてしまった。


「つぎはランチだな」

「うん。どこ行《い》こっか？」

「予約《よやく》してある」

「よ、予約《よやく》……!?」

映画《えいが》が終《お》わりランチに行《い》こうとすると、聞《き》き慣《な》れない単語《たんご》。

一般家庭《いっぱんかてい》で育《そだ》った中学生《ちゅうがくせい》のわたしは、まだ自分《じぶん》でお店《みせ》を予約《よやく》したことがない。

「俺《おれ》の父親《ちちおや》が経営《けいえい》してる店《みせ》だから安心《あんしん》していい」

「いや、不安《ふあん》なんじゃなくてびっくりしてるの……」

「ふ、そうか。じゃ行《い》こう」

由仁《ゆに》に連《つ》れられて映画館《えいがかん》から移動《いどう》し、高《たか》そうなレストランに着《つ》く。

お、お金《かね》が……それにこんな格好《かっこう》で大丈夫《だいじょうぶ》なのかな……？

けっきょく不安《ふあん》になってたずねようとしたのに、由仁《ゆに》はもうドアを開《あ》けてしまった。

お店《みせ》の方《かた》が来《き》て由仁《ゆに》の顔《かお》を見《み》ると、すぐに案内《あんない》される。

わたしはただなにもわからず、由仁《ゆに》についていった。

「こ、個室《こしつ》……高《たか》そう……」

「出世払《しゅっせばら》いで約束《やくそく》したから気《き》にしなくていい。好《す》きなもの食《た》べて」

「で、でも……」

「俺《おれ》が李珠《りず》と付《つ》き合《あ》えてうれしいから、初《はつ》デート記念《きねん》に」

わたしと由仁《ゆに》は、まったくちがう環境《かんきょう》で生《い》きてきたんだ。

だけど、こうして一緒《いっしょ》にいようとしてくれて、由仁《ゆに》の世界《せかい》も見《み》せてくれる。

初《はつ》デートを楽《たの》しみにしていたのもわたしだけじゃないことに、すごくうれしく思《おも》った。

「ありがとう、由仁《ゆに》」

素直《すなお》にお礼《れい》を言《い》えば、由仁《ゆに》も笑《わら》ってくれた。

わたしには背伸《せの》びしすぎだったけど、由仁《ゆに》と一緒《いっしょ》だからすごくすごく楽《たの》しかった！


ランチのあとはゲームセンターで遊《あそ》んだり、公園《こうえん》でのんびりしたりした。

由仁《ゆに》と過《す》ごす時間《じかん》はあっという間《ま》で、もう帰《かえ》る時間《じかん》。

初《はつ》デート、楽《たの》しかったなぁ。

つぎはいつ会《あ》えるのかな？

その前《まえ》に、まだ離《はな》れたくないなって強《つよ》く思《おも》ってしまう。

「李珠《りず》？」

家《いえ》の前《まえ》まで由仁《ゆに》が送《おく》ってくれた。

だけど手《て》をぎゅっと強《つよ》く握《にぎ》り直《なお》したわたしに、由仁《ゆに》が不思議《ふしぎ》そうに名前《なまえ》を呼《よ》ぶ。

「帰《かえ》りたくないなぁ……」

「え？」

「ちょっと、さみしい……ひゃっ……」

うつむいて素直《すなお》に伝《つた》えると、つないでいる手《て》を強《つよ》く引《ひ》っ張《ぱ》られる。

気《き》がつけば由仁《ゆに》の腕《うで》の中《なか》。

「はぁ……ほんとかわいすぎんだろ」

「由仁《ゆに》？」

「かわいすぎて心配《しんぱい》。俺《おれ》も帰《かえ》したくない」

わたしの頭《あたま》をなでてくれる由仁《ゆに》に、心臓《しんぞう》がトクトクと音《おと》を立《た》てる。

「ねぇ、由仁《ゆに》。また莉斗《りと》のフリして学校《がっこう》に行《い》くのは……」

「それはだめ」

「なんで？　わたし、由仁《ゆに》と一緒《いっしょ》に授業《じゅぎょう》を受《う》けたいし寮《りょう》の同《おな》じ部屋《へや》で寝《ね》たい」

もう入《い》れ替《か》わるつもりはないけど、そこまでハッキリ拒否《きょひ》しなくても……。

そう思《おも》って拗《す》ねながら由仁《ゆに》を見上《みあ》げた。

「ぜったいに学校《がっこう》に来《く》るな」

「なんで？」

「男装《だんそう》してもかわいさが隠《かく》せてないからダメ。**李珠《りず》が他《ほか》の男《おとこ》にかわいいって言《い》われるの**

は嫌《いや》だ。李珠《りず》がモテてんのを見《み》るのも嫌《いや》だ」

わたし以上《いじょう》に拗《す》ねたような表情《ひょうじょう》をする由仁《ゆに》にドキッとした。

こんな顔《かお》、初《はじ》めて見《み》た……。

「だから、ぜったいに来《く》るな。どんな手段《しゅだん》を使《つか》ってでも、俺《おれ》が会《あ》いに行《い》くから」

「っ」

「会《あ》いたくなったら、いつでも俺《おれ》から会《あ》いに行《い》く。だから李珠《りず》は会《あ》いたいときに遠慮《えんりょ》なく言《い》って」

甘《あま》い声《こえ》で言《い》われたセリフは、わたしを幸《しあわ》せにしてくれる。

「じゃあ、毎日《まいにち》言《い》うよ？」

「俺《おれ》も毎日《まいにち》会《あ》いたい。だって俺《おれ》のほうが好《す》きだから」

「……ずるい。わたしのほうが好《す》きだよ」

「俺《おれ》だって」

甘《あま》く笑《わら》った由仁《ゆに》は、ゆっくりと顔《かお》を近《ちか》づけてくる。

なんとなくつぎの行動《こうどう》がわかって、わたしはゆっくりと目《め》を閉《と》じた。

初《はじ》めて好《す》きになった人《ひと》は初《はじ》めての彼氏《かれし》になって、そんな大好《だいす》きな彼氏《かれし》と初《はじ》めてのキス。

何度《なんど》ドキドキさせられたかわからない。

ふたごの弟《おとうと》と入《い》れ替《か》わって行《い》った男子校《だんしこう》で、こんなに好《す》きになれる人《ひと》と出会《であ》えるなんて思《おも》ってなかった。

わたしたちは会《あ》いたいときに会《あ》える関係《かんけい》になった。

それがこれからもずっと続《つづ》いていけばいいな。

そんな願《ねが》いを叶《かな》えてくれるように、由仁《ゆに》は再《ふたた》びキスを落《お》とした。

これからもっともっと、好《す》きは大《おお》きくなっていく予定《よてい》だからね。

おしまい♡

あとがき

こんにちは、月瀬《つきせ》まはです。

本作《ほんさく》をお手《て》に取《と》って読《よ》んでいただきありがとうございます！

前回《ぜんかい》、女《おんな》の子《こ》のふたごで入《い》れ替《か》わるお話《はなし》を書《か》きました。

とても楽《たの》しかったので、今回《こんかい》は男女《だんじょ》のふたごで入《い》れ替《か》わりをしてみようと思《おも》い、このお話《はなし》を書《か》いてみました。

ふたごで入《い》れ替《か》わるだけでもドキドキするのに、男子校《だんしこう》へ行《い》くなんてもっとドキドキですよね。

そこで由仁《ゆに》、飛鳥《あすか》、昴《すばる》の三人《さんにん》の男《おとこ》の子《こ》と出会《であ》いました。

莉斗《りと》も含《ふく》めこの男子《だんし》たちはそれぞれ見《み》た目《め》や性格《せいかく》がちがいますが、みなさんは誰《だれ》が好《す》きでしたか？

莉斗《りと》のようなお調子者《ちょうしもの》は、場《ば》が明《あか》るくなって楽《たの》しくなりますよね。

由仁《ゆに》みたいなクールでかっこいい男《おとこ》の子《こ》に、一途《いちず》に愛《あい》されたら絶対《ぜったい》に幸《しあわ》せです。

飛鳥《あすか》はチャラチャラしているけど、優《やさ》しさがあり沼男《ぬまおとこ》な気《き》がします。

昴《すばる》は怖《こわ》いと思《おも》いきや、ピュアでツンデレなところが個人的《こじんてき》好《す》きポイントです。

もちろん男《おとこ》の子《こ》だけではなく、ヒロインの李珠《りず》を好《す》きって思《おも》っていただけるのもすごくうれしいです！

好《す》きなことにまっすぐで一生懸命《いっしょうけんめい》な女《おんな》の子《こ》ってかわいいですよね。

誰《だれ》かひとりでも、みなさんにとってお気《き》に入《い》りの子《こ》がいたらうれしいです！

そして、イラストを描《か》いてくだったのは青野《あおの》ユウ先生《せんせい》です！
李珠《りず》はとてもかわいくて、これは男子《だんし》たちが放《ほう》っておくわけがないなぁって思《おも》います。
男子《だんし》もみんな本当《ほんとう》にかっこよくて素敵《すてき》すぎて、誰《だれ》かひとりは選《えら》べないです。
そんな素敵《すてき》すぎるイラストとともに、何度《なんど》も楽《たの》しんでいただけたらうれしいです……♡
最後《さいご》まで読《よ》んでいただきありがとうございました！
また別《べつ》の作品《さくひん》でもお会《あ》いできますように!!

二〇二五年二月二十日　月瀬《つきせ》まは

著・月瀬まは（つきせ　まは）
兵庫県在住。既刊に『君が僕にくれた余命363日』『この恋は、きみの嘘からはじまった。』『最強クール男子は、本当はずっと溺愛中!?』（すべてスターツ出版刊）などがある。

絵・青野ユウ（あおの　ゆう）
岡山県在住のイラストレーター。キャラクターイラストを中心に、デザインや動画制作もしている。京都芸術大学イラストレーションコース非常勤講師。漢検の勉強と読書（ミステリーとホラー）がマイブーム。

ルームメイトが全員男の子でした。

2025年2月20日 初版第1刷発行

著　　者　月瀬まは　© Maha Tsukise 2025
発 行 人　菊地修一
デザイン　北國ヤヨイ（ucai）
発 行 所　スターツ出版株式会社
〒104-0031 東京都中央区京橋1-3-1 八重洲口大栄ビル7F
TEL 03-6202-0386（出版マーケティンググループ）
TEL 050-5538-5679（書店様向けご注文専用ダイヤル）
https://starts-pub.jp/
印 刷 所　大日本印刷株式会社

Printed in Japan
ISBN 978-4-8137-8199-8 C8293

ファンレターのあて先

〒104-0031　東京都中央区京橋1-3-1 八重洲口大栄ビル7F
スターツ出版（株）書籍編集部 気付
月瀬まは先生
いただいたお便りは編集部から先生におわたしいたします。

ドキドキ＆胸《むね》きゅんがいっぱい！

野《の》いちごジュニア文庫《ぶんこ》 人気作品《にんきさくひん》の紹介《しょうかい》

15歳《さい》の天使《てんし》　最後《さいご》の瞬間《しゅんかん》まで、きみと

砂倉春待《さくらはるまち》・著《ちょ》

中《ちゅう》3の由仁《ゆに》は脳《のう》の病気《びょうき》を抱《かか》えていて、あと3ヶ月《かげつ》の命《いのち》。友達《ともだち》を悲《かな》しませないように、離《はな》れた町《まち》へ引《ひ》っ越《こ》し孤独《こどく》にすごしていた。でも、同級生《どうきゅうせい》の名良橋《ならはし》はあるきっかけから由仁《ゆに》を気《き》にかけるように。もうすぐ転校《てんこう》すると嘘《うそ》をつきながらも、名良橋《ならはし》に心《こころ》を開《ひら》く由仁《ゆに》。惹《ひ》かれ合《あ》う二人《ふたり》は楽《たの》しい時《とき》を重《かさ》ねるけれど、別《わか》れはまさかの瞬間《しゅんかん》に訪《おとず》れて…。

ISBN978-4-8137-8196-7
定価《ていか》：891円《えん》（本体《ほんたい》810円《えん》＋税《ぜい》10%）

青春

顔面《がんめん》レベル100の幼《おさな》なじみと同居《どうきょ》なんてゼッタイありえません！

日向《ひなた》まい・著《ちょ》

未央《みお》は恋愛《れんあい》にうとい中《ちゅう》1女子《じょし》。ある事情《じじょう》で、知《し》り合《あ》いの家《いえ》に居候《いそうろう》をすることになってしまう。居候先《いそうろうさき》にはなんと、同《おな》じ学校《がっこう》の同級生《どうきゅうせい》・要《かなめ》が‼　しかも彼《かれ》は、顔面《がんめん》レベル最強《さいきょう》でスポーツも勉強《べんきょう》もできる、完璧男子《かんぺきだんし》だった。引《ひ》っ越《こ》し早々《そうそう》、そんな要《かなめ》に抱《だ》きしめられたりキスされたり（！）して…ドキドキは限界MAX値《げんかいマックスち》⁉　この同居生活《どうきょせいかつ》、危険《きけん》すぎます♡

ISBN978-4-8137-8195-0
定価《ていか》：880円《えん》（本体《ほんたい》800円《えん》＋税《ぜい》10%）

恋愛

ワケあって、男《おとこ》の子《こ》のふりをしています！学園最強男子《がくえんさいきょうだんし》たちの溺愛《できあい》バトル

宵月《よいづき》そあ・著《ちょ》

とある理由《りゆう》で、男《おとこ》の子《こ》のふりをして転校《てんこう》した季衣《きい》。道《みち》に迷《まよ》っていたところを爆《ばく》イケ男子《だんし》・識《しき》に助《たす》けられる。なんと彼《かれ》は絶大《ぜつだい》な人気《にんき》を誇《ほこ》る最強男子集団《さいきょうだんししゅうだん》『kis/met《キスメット》』のメンバーだった！　グループに強制加入《きょうせいかにゅう》させられそうになるも、まさかの正体即《しょうたいそく》バレ大《だい》ピンチ…⁉　平穏《へいおん》な学園生活《がくえんせいかつ》を送《おく》るはずが、きゅんの嵐《あらし》に巻《ま》き込《こ》まれてます！

ISBN978-4-8137-8194-3
定価《ていか》：880円《えん》（本体《ほんたい》800円《えん》＋税《ぜい》10%）

恋愛